AF282599

Raffaela Breitinger

#KaterCarlo –

aus dem Leben eines

#Catfluencers

Raffaela Breitinger

#KaterCarlo –
aus dem Leben eines
#Catfluencers

Biografie

Impressum

Bibliografische Information der Deutschen Nationalbibliothek:
Die Deutsche Nationalbibliothek verzeichnet diese Publikation in der Deutschen Nationalbibliografie; detaillierte bibliografische Daten sind im Internet über http://dnb.dnb.de abrufbar.

© 2022 Raffaela Breitinger

Herstellung und Verlag: BoD – Books on Demand, Norderstedt

ISBN: 978-3-7568-0807-6

VORWORT

Das Leben eines schwarzen Katers ist nicht einfach, ich kann euch ein Lied davon singen… Aber es gibt gute Nachrichten:

#MeinLeben gibt es nun nicht nur #digital, sondern auch im #Buchformat.

Ich habe es endlich geschafft, meine große Dosenöffnerin dazu zu bringen, ihre Zeit sinnvoll zu investieren und ein Buch mit meinen Erlebnissen zu erstellen. Und ihr habt euch ein Glück dafür entschieden, dieses Buch zu kaufen, oder ein toller Dosenöffner hat es euch geschenkt, weshalb ihr es jetzt in den Händen haltet. Mit viel Glück lernt ihr aus meinem Leiden und dieses Werk macht euch zu einem bessern Dosenöffner.

Hier findet ihr alle wichtigen Ereignisse der letzten zwei Jahre schön strukturiert und ihr könnt alle spannenden Einzelheiten über meinen Alltag mit den großen und kleinen Dosenöffnern oder mit der Perserkatze erfahren.

EINS

#CORONADUHUND

#LOCKDOWN UND WIE ALLES

BEGANN

#Tag6 des #Lockdowns

So, nun möchte auch ich mich zu den aktuellen Ereignissen zu Wort melden, da sie mich nicht glücklich machen… Also hört gut zu, das ist wichtig:

Mein Name ist Carlo, Kater Carlo! Es ist Donnerstagmittag und meine Familie schläft, wohlgemerkt in meinem Bett. Also meine Dosenöffnerin und ihre kleine Dosenöffnerin, die jetzt tagsüber den ganzen Tag Zuhause ist und ihre Siesta genau dort macht, wo normalerweise ich tagsüber schlafe. Der Mann schläft vermutlich in seinem Zimmer neben dem Computer und nennt das ‚Arbeit'. Ich weiß gar nicht, warum sie so müde sind, sie machen den ganzen Tag nichts anderes als auf ihren Bildschirm zu starren…

Wenn ihr glaubt, dass ich deshalb etwas Ruhe hätte, dann täuscht ihr euch. Jetzt, wo die Kleine schläft, fällt den Dosenöffnern natürlich nichts Besseres ein, als zu kochen. Sie kochen etwas mit Fisch. Und obwohl ich ihnen schon öfters meine erbärmliche Situation, in der Hunger alltäglich ist, klargemacht habe, ignorieren sie mich und geben mir nichts ab… Es ist wirklich nicht einfach mit ihnen.

Aber zurück zum Thema: Seit Freitag ist alles anders. Freitag kamen meine Dosenöffner von ihrer Arbeit nach Hause und statt – wie es sich gehört – mir als erstes Futter zu geben, sind sie sofort ins Auto gestiegen und wieder weggefahren. Eine gefühlte Ewigkeit waren sie unterwegs… Als sie endlich nach Hause kamen und mein Überlebenskampf in die zweite Runde ging, da packten sie gemütlich ihre Einkaufstaschen aus. Ich frage mich auch heute noch: Was zur Hölle machen sie mit dem ganzen Toilettenpapier? Das ist reine Geldverschwendung. Sie haben doch eine Zunge!

Während des Auspackens merkten sie nicht, dass ich kaum mehr Kraft zum Miauen hatte, aber generell stört mich, dass ich so häufig um Nahrung betteln muss. Hallo, ich bin ein schwarzer Kater mit besonders tollem Fell aufgrund meiner regelmäßigen Pflege, die ich alle halbe Stunde wiederhole, da ist es nur angebracht, alles erdenklich Mögliche dafür zu unternehmen, dass es mir gut geht und mein Erscheinungsbild nicht leidet.

Irgendwann gaben sie mir doch etwas zum Essen. Ich bezweifle, dass ich es sonst noch geschafft hätte, die Nacht durchzustehen. An ihrer Erziehung muss ich dringend etwas ändern… Dass sie immer noch nicht wissen, dass meine Bedürfnisse über allen anderen stehen, ist unerhört.

Zurück zum Thema: Seit diesem Tag sind sie immer und ununterbrochen zuhause. Heute ist also der sechste Tag, an dem ich 24 Stunden mit ihnen verbringen muss. Und sie nerven mich. Denn plötzlich stellen sie fest, dass ich – um alles besser überblicken zu können – auf dem Küchentisch sitze, und finden das unmöglich. Unfassbar, in welchem Ton sie mit mir sprechen! Als wären sie die Hausherren. Alleine der Gedanke ist töricht.

So, ich suche mir gleich ein Plätzchen, denn ich muss gleich wieder ein Schläfchen machen, diese Aufregung macht mich echt fertig. Und morgen hoffe ich, dass dieser Albtraum ein Ende hat, sie endlich wieder weg sind und ich schlafen kann, wann und wo ich möchte.

#Tag7 #jederTagistschlimmer

Es wird nicht besser! Man kann nichts mehr alleine machen… Sie sind überall. Trotzdem machen sie mir kein Essen. Mein heißgeliebter Badvorleger ist jetzt immer nass, weil rund um die Uhr einer von ihnen sich unter laufendes Wasser stellt. Warum sie das machen, habe ich bis heute nicht verstanden. Das ist abartig! Ich vermute, dass sie sich so putzen wollen. Warum einfach mit der Zunge, wenn es auch umständlich geht? Als ich nach meinem ersten Schläfchen heute Morgen einen Spaziergang gemacht und mich geputzt hatte, legte ich mich nichts ahnend darauf und er war klitschnass. Toll, das zweite Schläfchen musste ich deshalb verschieben und mich ausgiebig putzen.

Ich brauche so viel mehr Zeit für alles, da sie mir regelmäßig meinen Tagesablauf zerstören. Warum tun sie das? Und zur Belohnung für all diese Mühen habe ich das Gefühl jeden Tag noch weniger Essen zu bekommen. Sie erzählen immer, dass in diesem Haus vor mir noch zahlreiche weitere schwarze Kater gelebt hatten, die vor langer Zeit an Altersschwäche gestorben wären. Ich glaube das nicht. Sie haben sie in den Wahnsinn getrieben mit ihren Marotten und verhungern lassen. Ich mag sie wirklich gerne, aber ich glaube, sie betreiben Artausrottung und wollen alle schwarzen Kater auf dieser Welt vernichten. Ich bin ihr nächstes Opfer! Die werden sich noch wundern: So einfach werde ich es ihnen nicht machen!

Nun fragt ihr euch bestimmt, wieso ich nicht abhaue? Ach, ohne mich bekommen die Dosenöffner nichts gebacken… Das ist wirklich ein Dilemma für einen derart verantwortungsbewussten Kater wie mich!

#Tag8 #kleineDosenöffner

Früher, früher, da hatte ich jeden Tag zumindest ein wenig Ruhe… Jetzt seit dieser ‚Corona‘ da ist, mit diesem Wort, diesem Tier oder dieser Person begründen sie all ihr seltsames Verhalten, das jeden Tag abstruser wird, auf jeden Fall ist seitdem alles anders. Dieser Name fällt ungefähr tausend Mal am Tag, das treibt mich noch in den Wahnsinn.

Als ob es nicht genug wäre, dass sie ununterbrochen um mich herum sind. Nein, jetzt schreit mich diese kleine Dosenöffnerin auch noch permanent an. Als ob ich sie nicht in normaler Lautstärke verstehen würde… Trotzdem muss ich immer nett zu ihr sein, da sie mir nun häufiger das Trockenfutter hinstellt. Aber statt es mir normal auf meinen Futterplatz zu servieren, muss ich es aus ihrem Schoß fressen und dabei bewegt sie sich permanent und hört nicht auf, zu lachen und mich anzuschreien. Ich futtere also aus dem Futternapf auf ihren Beinen… Wie tief bin ich gesunken? Was hat die aktuelle Situation bloß aus mir gemacht?

Jetzt gehe ich erst einmal runter in den kleinen Haushaltsraum. Das massige Klopapier dort ist ziemlich weich und eignet sich sehr gut, um darauf zu schlafen… Es ist nicht alles schlecht… Auch wenn in den letzten Tagen häufig feststelle, dass sie dafür, dass sie sich für so intelligent halten, ziemlich seltsame Eigenschaften haben.

#Tag11 #kommteinVogelgeflogen

Hier bin ich wieder! Ich brauchte die letzten Tage, um mich von der aktuellen Situation zu erholen. Momentan komme ich täglich kaum auf meine 22 Stunden Schlaf, zudem schlafe ich auch nicht so tief, da immer Geräusche zu hören sind… Und ihr wisst von welch großer Bedeutung der Schönheitsschlaf für einen Kater ist.

Ich gebe zu, dass nun selbst ich ein bisschen Angst oder zumindest großen Respekt vor ‚Corona' habe. Das muss ein echt großer Hund oder so sein, wenn meine Dosenöffner sich von ihm derart einschüchtern lassen, dass sie kaum mehr das Haus verlassen. Ich bin also wachsam! Immerhin bin ich hier der Chef und das bedeutet, dass ich mich auch um die Sicherheit aller kümmern muss.

Trotzdem habe ich festgestellt, dass ich versuchen muss, besser mit der Situation umzugehen und etwas positive Stimmung zu verbreiten. Sie verhalten sich ja nicht absichtlich so, sondern weil sie große Angst vor #CoronaDuHund haben.

Also dachte ich mir heute Morgen, dass ich etwas gegen die schlechte Laune unternehmen kann und bin losgegangen, um etwas für die Hausbewohner zu besorgen. Die Dosenöffnerin sagt dem Dosenöffner immer, wie sehr sie kleine Aufmerksamkeiten schätze. Ich werde also mit Sicherheit bei ihr punkten – und sie wird mir vielleicht demnächst mehr Futter hinstellen! Trotzdem geht es hierbei nicht nur um mein Hungergefühl: Zum einen möchte ich ihnen mit diesem Geschenk meine Wertschätzung ausdrücken, was ich wirklich nicht häufig mache, man muss ja aufpassen, dass man seine Untergebenen nicht zu verwöhnt. Zum anderen brauchen sie vielleicht bald etwas zu essen und ihre Vorräte werden weniger, wenn sie so selten nach draußen gehen. Also habe ich ihnen einen Spatzen gefangen, den habe ich bis ins erste Stockwerk getragen und ihm im Bad, auf dem tollen Badvorleger, den Garaus gemacht. Dass ich mich für sie ins Zeug gelegt habe, sieht man an den ganzen Federn, die überall verteilt liegen.

Die werden echt stolz auf mich sein – Stolz wie Carlo! Morgen werde ich Euch berichten, wie begeistert sie waren.

#Tag12 #gekränkteGefühle

Nach den aufregenden Ereignissen des letzten Tages habe ich meine Gefühle endlich wieder einigermaßen unter Kontrolle. Trotzdem kann ich immer noch nicht fassen, was gestern passiert ist. Ich wurde selten derart respektlos behandelt.

Gestern Mittag war ich einige Zeit draußen unterwegs – mit einem kleinen Schläfchen auf dem Gras eingeschlossen, die Frühlingssonne schien schön auf mein schwarzes Fell – und habe mir den Katzenpopo aufgerissen, um diesen Menschen eine Freude zu machen. Um sie von ihren Sorgen um #CoronaDuHund abzulenken. Ich habe sogar mein Leben riskiert, denn was wäre passiert, wenn mich ,Corona' bekommen hätte? Ja, da hätten sie bestimmt tagelang geweint… Aber so lange mir nichts passiert, werde ich hier wie Dreck behandelt.

Auf jeden Fall lag am Ende des Tages dieser hübsche Vogel auf ihrem tollen Badvorleger. Und was passierte? Es dauert erst eine Ewigkeit, bis sie ihn überhaupt wahrnahmen. Hier scherrt sich keiner um mich und meine tollen Taten. Hätte mich ‚Corona' in seine Fänge bekommen, hätten sie das wahrscheinlich auch erst Tage später bemerkt. Und da kommt der männliche Dosenöffner herein und schreit wie eine Frau, um als nächstes panisch aus dem Bad zu rennen.

Ich dachte erst, es wäre ein Freudenschrei. Tja, dem war nicht so! Statt sich bei mir für das Geschenk zu bedanken, schaut er mich nur schockiert und böse an. Die Dosenöffnerin kam schnell hereingerannt. „Sie hatte schon vor mir weitere Hausherren und kann deshalb bestimmt meine Gabe zu schätzen wissen", dachte ich mir. Die Dosenöffnerin nahm ein Stück Küchenrolle, packte den Vogel ein und lief in die Küche. Ich stolzierte ihr hinterher, da ich dachte, dass sie ihn jetzt bestimmt stolz auf den Küchentisch legen würde, um ihn allen zu zeigen und vielleicht sogar eine Blume daneben zu stellen.

Und was tat sie? Sie warf ihn in den Mülleimer. Das ist so surreal. Ich kann es immer noch nicht fassen. Mein Vogel. Meine Gefühle. Meine Anstrengungen. Mit einem Mal vernichtet. Ich hatte schon davon geträumt, ihnen einen lebendige Maus mitzubringen, damit wir sie gemeinsam in der Wohnung einkreisen, mit ihr spielen und sie am Ende fangen könnten. Aber ich vermute, dass sie auch das nicht zu schätzen wissen werden.

So undankbare Dosenöffner! Wäre nicht gerade #Corona-DuHund unterwegs, würde ich mir eine andere Familie suchen! Oder ich gebe eine Suchmeldung auf, um bessere Bedienstete zu finden. Des Weiteren wurde mir geraten einen Dosenöffner-Knigge zu kaufen, um dieses unlogische und kränkende Verhalten zu verstehen und nicht depressiv zu werden… Vielleicht mache ich das.

#Tag13 #Homeworkout

Ich wollte nach der letzten Aktion kein Wort mehr mit meinen respektlosen Untermietern wechseln, aber der Hunger gestern Abend hat dann doch gesiegt... Sie haben mir neben dem normalen Essen auch ein bisschen Fleisch gegeben, vielleicht haben sie ihre Fehler eingesehen und versuchen sich wieder positiv mit mir zu stellen. Ich hoffe es! Trotzdem werde ich es ihnen nicht zu einfach machen!

Heute haben sie mich trotz meiner schlechten Laune nach der Vogelaktion etwas zum Schmunzeln gebracht, mich jedoch gleichzeitig auch ziemlich verwirrt. Vor allem die Dosenöffnerin. Sie sitzt ja in letzter Zeit immer an ihrem Tisch und starrt ihren Laptop an, ich vermute, dass sie schläft. Ich habe bisher noch keinen Vogel über den Bildschirm fliegen sehen, daher kann das Bild nicht so interessant sein, dass sie es so lange anschaut.

Auf jeden Fall hat sie sich heute nach langem Schlafen auf ihrem Stuhl ein Video über ihr Handy angeschaut. Ich weiß nicht genau, was dort gezeigt wurde, aber mit Sicherheit sah das nicht so lächerlich und erbärmlich aus wie die Show, die sie danach abgezogen hat. Erst einmal dieses seltsame Outfit, das sie anhatte und bei dem man große Teile ihres komisch unbehaarten Körpers sah. Und dann fing sie an, diese seltsamen Bewegungen in noch seltsameren Positionen zu machen. Ich musste kurz darüber nachdenken, ob #CoronaDuHund ihr durch seinen beängstigenden Anblick den Verstand geraubt hatte, aber nach diesen dreißig Minuten verhielt sie sich wieder normal– wenn man das Verhalten der Dosenöffner überhaupt als normal beschreiben kann.

Nachdem sie mit diesen komischen Bewegungen fertig war, lag sie hechelnd wie ein Hund auf der Matte unter sich und schien auch noch stolz zu sein. Der Dosenöffner schaute sie auch total wertschätzend an. Hallo? Ich habe gestern einen Vogel für sie gefangen, da wurde er sauer. Und sie machte hier so ein Theater und er findet das scheinbar beeindruckend?

Da wird mir wieder klar, wieso sie täglich stundenlang für ihren Lebensunterhalt arbeiten müssen, während ich von ihnen bedient werde. Wir Katzen sind und waren deshalb schon immer die höchste Lebensform und die Hausherren.

#Tag15 #Stress #Privatsphäreade

Schon 15 Tage sitze ich mit diesen Wesen auf kleinster Fläche eingepfercht. Sie scheinen bisher nicht voneinander genervt zu sein. Aber ich bin es von ihnen. Sie sind überall und hinterlassen ihre Duftspur, die ich mit meiner eigenen überdecken muss. Das ist viel Arbeit für nur einen schwarzen Kater.

Ihre Anwesenheit ist zudem nicht ungefährlich, denn entweder überfährt mich fast ein Spielzeugauto oder es duscht jemand, wenn ich gerade auf dem Badvorleger schlafen möchte. Wirklich anstrengend ist es, wenn sie während meines geheiligten Mittagsschlafs selbst eine Siesta in meinem Bett machen und dabei den ganzen Platz einnehmen oder es stört mich jemand der Toilette.

Ja, auf der Toilette! Privatsphäre ist in den letzten Wochen zu einem Fremdwort geworden. Jetzt verstehe ich aber, wieso sie so viel Toilettenpapier gekauft haben, wenn man so häufig auf dieser Schüssel sitzt und nicht gelernt hat, wie man sich selbstständig putzt, dann braucht man das auch! Vor allem sitzen sie dort, direkt vor meinem Katzenklo, schauen mich an und sagen: „Du könntest auch draußen auf die Toilette gehen!" Weil ihr, obwohl ihr so viel Zeit habt, zu faul seid, mein Katzenklo sauber zu machen?

Das hat mich echt sauer gemacht, da draußen läuft #CoronaduHund herum und ich soll mich in Lebensgefahr begeben, indem ich mein Geschäft im Garten verrichte und das auch noch geruchsdicht einbuddeln muss, damit der Hund nicht meine Fährte aufnimmt.

Sollen sie sich doch im Garten in einen Busch setzen, dann sehen sie einmal, wie das ist. Aber die verlassen ja für nichts mehr das Haus. Und dann groß tönen, ich sollte in den Garten gehen… Sie können froh sein, dass ich meinen Haufen nicht vor die Toilettentür mache, weil immer besetzt ist und mir jedes Mal jemand mit schockiertem Blick bei meinem großen Geschäft zuschaut.

#Tag19 #vino

Immer mehr bestätigt sich das Gefühl, dass die Laune der Dosenöffner tageszeitenabhängig unterschiedlich ist. Ich versuche das gerne zu erklären:

Morgens sind sie ruhig. Später sind sie noch ruhiger und beachten sich deutlich weniger. Ich habe da manchmal das Gefühl, dass eine gewisse Spannung zwischen ihnen herrscht. Vielleicht liegt das daran, dass sie sich die ganze Zeit im gleichen Zimmer aufhalten und ihr Verhalten nicht zueinander passt. Er spricht lautstark mit seinem PC, manchmal antworten ihm sogar Stimmen dadrinnen. Sie erwähnen oft #Corona-DuHund. Vielleicht hegen sie einen Plan, wie man ihn beseitigen könnte? Sie hingegen starrt auf ihren PC und kann mit Sicherheit nicht so gut schlafen, wie sie eigentlich wollte, weil er viel zu laut ist. Wahrscheinlich ist sie deshalb so genervt.

Das hält dann an, bis sie dieses gelbe oder rote Wasser beim Abendessen herausholen und dann merkt Kater sofort, wie sich ihre Zungen lösen und sie anfangen, wieder entspannter aufeinander zu reagieren. Er stellt lachend fest „in Vino Veritas!", was auch immer das bedeutet, und hört gar nicht mehr auf zu reden und auch sie ist plötzlich deutlich kommunikativer.

Früher haben sie diese Stimmung hebende Flüssigkeit nur am Wochenende gebraucht. Jetzt ist dieses Wasser scheinbar schon unter der Woche nötig, damit sie sich gegenseitig ertragen… Ich habe da heute ausversehen dran gerochen… Ihhh, da kam mir fast ein Haarballen mit meinem Mittagessen wieder hoch. Es ist mir unverständlich, wie sie das trinken können. Wobei, wenn ich sie dann besser ertragen könnte, dann wäre das vielleicht auch für mich eine Lösung…

#Tag20 #Alltag

Es ist Wochenende und sie schlafen nicht mehr vor ihren PCs. Ich muss sagen, ich finde es unter der Woche angenehmer, da lassen sie mich wenigstens in Ruhe, da rast nur die kleine Dosenöffnerin durch die Wohnung. Jetzt fangen sie plötzlich an zu putzen. Da werden meine Haare weggemacht, mit denen ich schön mein Kissen markiert habe, damit die Perserkatze, die leider auch bei mir wohnt, sich dort nicht hinlegt. Besonders gemein ist es, wenn ich aus dem Bett geschmissen werden, damit sie es neu beziehen können. Sie stellen plötzlich fest, dass ich es mir im Kinderbett bequem gemacht habe und werfen mich raus… Ich liege da schon seit Monaten drinnen, warum stellt das plötzlich ein Problem dar? Ich dachte, #CoronaDuHund schweißt uns mehr zusammen, stattdessen machen sie mir das Leben und vor allem meinen Tagesschlaf noch schwerer.

Der einzige Vorteil ist, dass sie, dadurch dass sie nicht den ganzen Tag im Büro sitzen, auch etwas mehr an mich denken – wenn auch nicht genug! – und mir gestern Abend leckeres Rindfleisch zum Futtern geschnitten haben. Da merkt man, dass sie unterbewusst doch wissen, wer der Herr im Haus ist. Sie scheinen es bloß den Großteil des Tages erfolgreich zu verdrängen.

Das war ein so leckeres Abendessen. Während ich es aß, ergriff die Perserkatze jedoch ihre Chance und roch die ganze Zeit hemmungslos an meinem Hintern. Diesen sexuellen Übergriffen bin ich schon einige Zeit ausgeliefert und ich glaube, die Dosenöffner sagen nichts, weil ich ein schwarzer Kater bin und mich selbstverteidigen könnte… Aber würde ich an ihrem Hintern riechen, dann würden sie mir etwas erzählen. Grausam, diese Doppelmoral! Man hat es nicht leicht als Kater.

#Tag21 #Gartentag #Frühlingssonne

Eigentlich ist heute der perfekte Tag, um im Freien zu sitzen und das Katerleben zu genießen. Eigentlich! Aber ihr habt es bestimmt schon mitbekommen, #CoronaDuHund ist immer noch unterwegs und frisst scheinbar besonders gerne Klopapier. Nur so kann ich das Klopapierhorten meiner Dosenöffner erklären. Wahrscheinlich wollen sie ihn damit besänftigen, falls er hier vorbeikommt.

Auf jeden Fall hat die aktuelle Situation neben meiner stärkeren Vorsicht, weshalb auch ich jetzt weniger das Haus verlasse, noch andere Folgen: Ich kann es wirklich nicht fassen…

Auch meine Nachbarn verlassen ihr Grundstück nicht mehr, aber die sitzen jetzt alle im Garten – in meinem Garten! Als ob Corona nicht über den Gartenzaun springen könnte?

Eben ist mir einer mit einem Wasserschlauch hinterhergerannt, als ich in dem kleinen Sandkasten nebenan mein Geschäft verrichtete, so wie ich das übrigens immer tue. Sie lassen das Kind da schon seit Monaten dadrinnen spielen und noch keiner von ihnen hatte bisher ein Problem damit. Jetzt hat die Frau total hysterisch, nachdem sie mich nass gemacht hat, den ganzen Sand aus dem Sandkasten herausgeholt. Wo soll ich denn jetzt Pipi machen? An die in der Evolution so überlebenswichtigen schwarzen Kater denkt niemand… Bis es zu spät ist!

Danach wollte ich mich in meine Lieblingsecke im Garten gegenüber legen, da kommt der Typ mit seinem Rassemäher-Ungeheuer nach draußen und ich muss die Flucht ergreifen. Ich hatte fast einen Hörsturz! So verjagen sie bestimmt Corona, dem platzt das Trommelfell, wenn er sich hier aufhält.

Und die sonst so netten Nachbarn links von meinem Haus, die haben Feuer gemacht und legen da jetzt das gute Fleisch drauf. Dabei wollte ich es eben vom Teller fressen, da ich davon ausging, dass das für mich angerichtet war. Ich sitze jetzt also hungerleidend in der Nähe und muss zu sehen, wie das gute Essen verbrannt wird und das in der aktuellen Krisenzeit.

Und diese ganzen Kinder, die hier immer auf mich zu rennen und mit mir spielen wollen... Ich bekomme noch einen Nervenzusammenbruch. Ich möchte doch nur wieder zur Normalität zurückkehren. Corona ist der absolute Horrortrip für mich!

Diese Tage sind selten geworden, aber ab und an gibt es sie. Die Tage, an denen meine Dosenöffner es wagen, viel Mut aufbringen und das Haus verlassen. Wenn plötzlich ihre Haare wieder richtig sitzen und seine Eigennote durch Parfum und Duschgel weggewaschen wird. Sonst sehen sie jeden Tag gleich aus, schlafen den ganzen Tag in ihren Klamotten von gestern und vorgestern vor ihrem PC. Und heute sehen sie plötzlich aus wie damals, als sie sich kennengelernt hatten. Sie macht sich diese seltsame Farbe ins Gesicht, er holt das gute Hemd raus und sie verabschieden sich überschwänglich von jedem einzelnen von uns.

Das verwundert mich nicht, denn vielleicht kommen sie nicht mehr zurück? Vielleicht erwischt sie ‚Corona', während sie lebenswichtiges Katzenfutter für mich kaufen, weil genau das #CoronaduHund liebend gerne fressen möchte. Doch frage ich mich: Wäre es nicht klüger sich lieber unauffällig zu kleiden und nicht so ein starkes Parfum aufzulegen, um Corona nicht förmlich anzuziehen? Dass sie nicht auch noch laut nach ihm Pfeifen ist alles. Sollten sie nicht lieber heimlich bei Nacht das Haus verlassen statt am helllichten Tag? Lieber todschick sterben, als heil aber unmodisch nach Hause zurückzukommen? Jeder, wie er möchte.

Auf mich hört sowieso keiner! Und so lange sie nachher Katzenfutter dabeihaben, stört mich das wenig!

#Tag24 #Plan: #Rettung der #schwarzenKater

#CoronaDuHund scheint immer stärker zu werden. Ich bin ja ein wirklich stattlicher Kater und habe schon den ein oder anderen Rivalen verprügelt, trotzdem gebe ich zu, dass er mich einschüchtert. Er schafft es, überall gleichzeitig zu sein und die Menschen auf der ganzen Welt in Schach zu halten. Scheinbar arbeitet er mit diesem Weihnachtsmann zusammen, von dem die Dosenöffner im Dezember immer geredet haben! Bloß der verteilt überall gleichzeitig Geschenke. Jeder nutzt seine Fähigkeiten anders und ‚Corona' ist von Grund auf böse.

Zudem entwickelt ‚Corona' immer größere Kräfte. In NYC, wo auch immer das liegen soll, irgendwo weit hinter dem Nachbarsgarten, hat er einen Tiger angefallen. Einen Tiger! Wisst ihr, wie groß Tiger sind? Ich habe nur Bilder gesehen, aber das sind echt große Katzen.

Ich dachte zu Beginn der Hysterie dieser Menschen wirklich, dass es sich ‚nur' um einen Straßenköter handeln würde, der hungrig ist und nicht rechtzeitig seine Tollwut-Impfung bekommen hatte. Aber dem ist nicht so! Auch ich habe ihn unterschätzt… ‚Corona' ist eher eine Art böser Hund Norris. Wie soll das nur weitergehen? Werden wir je wieder das Haus verlassen. Um meine eigene Art zu retten, habe ich mich entschieden, lieber auf dem Balkon zu chillen und das Katzenklo meiner Mitbewohnerin, der Perserdame, zu verwenden. Falls es nach dieser Krisensituation keine schwarzen Kater mehr geben sollte, kann zumindest ich meine Gene weitergeben und unsere Art retten.

Kein Risiko eingehen, ist meine Devise und damit bin ich bisher immer gut gefahren.

#Tag25 #Quarantäne #Schlafalltag

Ich glaube, ich höre auf die Tage zu zählen, sie sind alle gleich und der Alltagstrott nimmt kein Ende. Es scheint nie aufzuhören und die Dosenöffner gehen nicht mehr weg von mir! Er steht früh auf und macht mir nichts zu fressen. Dann schläft er vor seinem PC weiter. Danach steht sie auf und statt mir gleich etwas zu fressen zu machen, obwohl ich deutlich mache, dass ich Hunger habe, lässt sie die kleine Dosenöffnerin auf mich los, welche mich durch die ganze Wohnung verfolgt. Nachdem ich ihr gefühlt das Bein hochklettere, macht sie mir endlich etwas zu futtern. Dann essen die beiden, ohne mir eine zweite Ladung zu geben.

Unfairerweise haben sie mich seit letztem September auf Diät gesetzt. Der Tierarzt, den ich noch nie mochte, hatte etwas von zu dick und Diabetes gefaselt. Nur weil er scheinbar selbst nicht gerne isst! Das war mein Polster für schlechte Zeiten. Und jetzt sind sie angebrochen und bei mir ist kaum mehr Reserven vorhanden. Vielleicht verschont mich #CoronaDu-Hund, weil ich ihm zu dünn und zäh bin… Dann schmeckt man angeblich nicht so gut, habe ich gehört.

Danach schlafen die beiden vor dem PC. Mittags machen sie sich etwas zum Essen und obwohl ich extra aus meinem Bett aufstehe, bekomme ich nichts. Kurz später schlafen sie weiter. Ich auch, obwohl der Hunger es mir schwer macht, meine Kateraugen zu schließen.

Abends kochen sie und ich muss wieder für einen Kater wie mich völlig unwürdig betteln, bis ich endlich etwas bekomme. Manchmal habe ich Glück und sie geben mir abends noch ein bisschen Fleisch. Danach schlafen sie wieder. Selbst für eine Katze sind das langsam zu viele Siestas… Es gibt eine Schlaf-

Krankheit, bei der Menschen nur noch schlafen, eventuell haben sie sich neben ‚Corona' auch damit infiziert.

#TagX

Es tut mir leid. Ich war die letzten Tage etwas abwesend…

Bis auf Weiteres sitzen meine Dosenöffner immer noch in ihren vier Wänden. Er läuft viel im Haus herum und sie erzählt etwas von Prüfungen und schläft währenddessen vor ihrem PC. Ich bereite mich – nach Menschenlogik – also immer auf zahlreiche Prüfungen vor, indem ich seit meiner Geburt circa zwanzig Stunden am Tag schlafe. Mein schwarzer Katerhumor ist exzellent! Aber in dieser Vorbereitungsphase starre ich zumindest nicht stundenlange auf denselben Punkt. Ich bezweifle ja, dass das so gesund ist.

Nun ja, zurück zu den wichtigen Themen: Ich war die letzten Tage nicht ganz so fokussiert. Wir hatten eine dicke, schwarze Fliege im Schlafzimmer, die mich beschäftigt. Ich konnte kaum schlafen, weil sie immer so laut summte. Trotzdem war ich ehrlich gesagt zu träge, um mich auf die Jagd nach ihr zu machen. Zudem muss ich Kalorien einsparen, da ich – aus mir nicht logischen Gründen – immer noch auf Diät bin…

Die beiden nutzlosen Dosenöffner schafften es nicht, sie mit so einem großen viereckigen Ding zu erschlagen. Meine ganzen Hoffnungen hatte ich in ihren Nachwuchs gesteckt, weil sie so flink ist… Aber nein, sie interessierte sich gar nicht für diese wichtigen Dinge. Ab und an schaute sie die Fliege an und erzählte etwas von einem Vogel. Sie ist nun seit zwei Jahren hier und ich habe nicht das Gefühl, dass sie besonders klug ist.

Heute Morgen ist der dicke, dumme Brummer mir tatsächlich in mein Maul geflogen. Ich habe ihn nach diesen nervenaufreibenden Tagen mit einem Happs gefressen. Warten und schlafen zahlt sich eben doch aus. Was für ein Erfolgserlebnis zu Beginn des Tages!

#Maskiert

Diese menschlichen Wesen machen manchmal wirklich komische Sachen… Seit Neustem sehe ich sie bei meinen Spaziergängen immer häufiger mit Masken und Handschuhen auf der Straße. Das hat bestimmt wieder etwas mit #CoronaDuHund zu tun – auch wenn ich ihn immer noch nicht zu Gesicht bekommen habe. Manchmal frage ich mich, ob er wirklich existiert… So einem bösartigen Hund kann man nicht nicht über den Weg laufen. Irgendwo muss er doch sein?

Auf jeden Fall tragen sie jetzt Masken und Handschuhe. Das mit den Handschuhen verstehe ich und es erscheint mir sinnvoll. Auf diese Art kann Corona nicht ihre Fährte aufnehmen und sie verbreiten weniger Geruchsstoffe. Aber diese Masken, das ist nicht nur Schwachsinn, das ist sogar wahnsinnig gefährlich. Wie sollen sie denn Corona riechen, wenn er in ihrer Nähe ist? Hätte ich so ein Ding auf der Nase, würde ich nicht einmal meinen eigenen Haufen riechen können – und das soll etwas bedeuten, bei meinem intensiven Duftaroma. Abgesehen davon, dass dieses Verhalten einen orientierungslos macht und ich wahrscheinlich ewig bräuchte, um wieder nach Hause zu finden. Vielleicht ist auch das der Grund, weshalb sie jetzt alle nicht mehr das Haus verlassen? Aus Angst sich zu verirren?

Ich dachte immer, dass meine Dosenöffner im Vergleich zu anderen einigermaßen klug wären. Aber da habe ich mich wohl getäuscht. Gestern kamen sie erst nach einer gefühlten

Ewigkeit vom Einkauf zurück – wahrscheinlich waren sie desorientiert aufgrund der fehlenden Möglichkeit ihre Nase zu benutzen, da sie so ein Ding im Gesicht hatten.

Ich habe sie mehrmals angefaucht, um ihnen klar zu machen, dass das nicht gut ist, dass sie sich in Gefahr begeben und was haben sie gemacht? Mich nicht ernst genommen und versucht mich mit Streicheln zu besänftigen. Da habe ich ihr erst einmal eine verpasst, aber selbst das half nichts.

Es wundert mich, dass diese Wesen bisher nicht ausgestorben sind. Gäbe es nicht so mutige Katzen wie mich, die immer ihr Haus bewachen, wäre das längst passiert. Völlig lebensunfähig sind die ohne einen schwarzen Kater!

#Familientreffen

Die Sonntage sind angenehmer geworden, seit meine Mitbewohner hier keine Familientreffen mehr organisieren, bei denen sie mich weder um Erlaubnis gefragt haben, noch sich erkundigt haben, ob es mich stört. Und ja, das tut es!

Da sitzt man gemütlich auf der Toilette und plötzlich rennt die Großmutter laut und hektisch in das Zimmer hinein, wobei ich fast einen Herzinfarkt bekomme. Dann wäscht sie sich die Hände und bespritzt dabei sowohl die Katzentoilette unter dem Waschbecken als auch mich. Und als ich schockiert hinausrenne, schreit sie ganz laut: „Ihr habt aber einen dreckigen Kater, der verbuddelt nicht einmal sein Geschäft!" Natürlich mache ich das, ich bin ein Kater mit einer sehr guten Elternstube, aber wenn man plötzlich von oben klitschnass wird, kann man nur die Flucht ergreifen.

Dann setzen sich alle hin. Die besonders tierliebe Tante stellt begeistert fest: „Oh, da ist ja euer Kätzchen!" und hält mich im Würgegriff unter ihrem Arm. Und hallo, Kätzchen? Das ist hoffentlich ein Witz – kein lustiger. Ich bin ein stattlicher Kater!

Der Cousin grinst mich an und schnippst direkt mit der Zunge vor meinem Gesicht, so dass er mich dabei anspuckt. Ich verstehe auch nicht, was er mir mit diesem Geräusch sagen möchte.

Als ich endlich geflüchtet bin, setzen sich alle an den Tisch, für die kleine Dosenöffnerin gibt es Geschenke, alle anderen essen, nur ich darf wieder zuschauen! Danke für nichts.

Ja, ich mag es, dass sie mich dank ‚Corona' in Ruhe lassen und die Verwandten in ihrem Zuhause bleiben. An so Tagen denke ich, dass #CoronaDuHund ruhig noch länger hier sein Unwesen treiben kann. So lange er nicht anfängt mein Katzenfutter zu essen…

#Homeoffice #allesfürdenKater

Manchmal, aber nur manchmal hat es auch Vorteile, dass die Dosenöffner permanent bei mir sind! Heute ist einer dieser Tage.

Ich bin so lange um ihren Stuhl herumgelaufen, bis sie mir endlich Platz auf ihrem Schoß gemacht hat. Sie dachte, sie könnte nun vor ihrem PC weiterschlafen, aber das habe ich nicht zugelassen. Ich habe meinen Kopf an ihren Händen gerieben, bis sie mich streichelte. Es ist schön, die volle Aufmerksamkeit zu haben, die mir – nur mir – natürlich zusteht.

Nach einer Weile bin ich aufgestanden und zum Schrank gelaufen, in dem die Bürste für mein schönes Fell liegt. Dabei habe ich sie während meines tänzelnden Ganges nie aus dem Auge gelassen und ab und an leise miaut. Dort angekommen habe ich herzerweichend gemaunzt, mich immer wieder auf den Boden geworfen und meinen Bauch gezeigt. Sie konnte nicht anders, als zu mir zu kommen und mich zu kraulen, dann hat sie die Bürste herausgeholt und mich gekämmt.

Heute ist Katzen-Wellness angesagt. Ich kümmere mich täglich sehr um meine Haarpflege, trotzdem war das nötig. Das letzte Winterfell muss herausgekämmt werden! Aufgrund von #CoronaDuHund haben die Dosenöffner das wohl vergessen... Na ja, sei ihnen verziehen! Die Angst lässt manchmal die wichtigsten Dinge im Leben in den Hintergrund treten. Zumindest für kurze Zeit. Heute war das zum Glück anders!

Nach dieser Beautysession bin ich hinaus in den Garten gegangen und habe allen Nachbarskatzen mein tolles Fell gezeigt, indem ich mich schön ins Gras in die Sonne gelegt habe. Einige von ihnen sehen so aus, als hätte #CoronaDuHund sie schon erwischt... Aber ich sehe toll aus!

#Nachbarschaft

Diese menschlichen Wesen werden von Tag zu Tag komischer. Eigentlich mögen meine Dosenöffner ihre Nachbarn, die mir ab und an auch etwas Leckeres zum Essen geben. Aber pssst... Nicht weitersagen! Ich bin vor allem der netten, älteren Dame von schräggegenüber sehr dankbar, denn nur dank ihr kann ich trotz meiner Diät mein Gewicht halten. Dies ist in Notzeiten, wie sie aktuell bestehen, wichtig! Es ist verwunderlich, dass meinen Dosenöffnern bisher noch nicht meine intensive Beziehung zu dieser Frau aufgefallen ist und sie keinen Verdacht schöpfen. Na ja, aber wie schon erwähnt, sie sind nicht so klug, wie ich zu Beginn dachte, und könnten ohne mich in diesem Haus nicht überleben!

Und obwohl sie diese Dame mögen, stehen sie plötzlich mit circa drei Katzen, also ungefähr 1,5 Meter, Abstand zu ihr. Hallo? #CoronaDuHund ist unterwegs, da sollte man nicht auf Distanz gehen, sondern sich gegenseitig unterstützen. Man könnte meinen, dass sie vermuten, dass diese ältere, nette Lachserviererin ‚Corona' hinter sich versteckt!

Oh, jetzt habe ich mich verraten. Ja, sie gibt mir Lachs. Manchmal überlege ich deshalb, zu ihr zu ziehen, aber dann meldet sich mein Verantwortungsbewusstsein und macht mir bewusst, dass meine Dosenöffner ohne mich aufgeschmissen wären. Und nein, das ist kein Fremdgehen oder gar Fremdfressen, immerhin geht es hier um Lachs und Streicheleinheiten. Sie schläft nicht den ganzen Tag vor ihrem PC und behauptet, sie würde arbeiten – wenn ich so arbeiten würde, hätten wir hier eine Mäusefarm, die überall ihre Häufchen hinmacht. Sie hingegen ist Rentnerin, scheinbar ein Titel, der eine Person auszeichnet, die sich hervorragend um Katzen kümmern kann.

Aber jetzt, wo ich es nicht mehr verschweigen muss, zurück zur Lachserviererin: Wir reden hier von norwegischem Lachs, nur fürs Protokoll, damit deutlich wird, warum ich so begeistert bin. Entschuldigung, Lachs lenkt mich immer so leicht ab. Ich weiß, dass sie wirklich lieb ist, aber nein, mit #CoronaDuHund würde sie sich niemals verbinden. Doch in Situationen der Krise, da wächst das Misstrauen, da hortet man Klopapier unter dem Schlafzimmerbett oder Mehl und Dosensuppen im Toilettenschrank… Diese menschlichen Wesen, was würden sie ohne uns Katzen bloß machen?

Ich habe also mein Bestes getan und versucht sie einander näherzubringen, indem ich mich immer wieder erst am Bein des einen dann am Bein des anderen gerieben habe, damit sie sehen, dass weit und breit keine Spur von ‚Corona' ist! Sie blieben trotzdem auf Abstand. Beim nächsten Mal werde ich es wieder probieren, da ich sie scheinbar noch nicht von meiner Position überzeugen konnte. Sie brauchen ja manchmal länger, um etwas zu verstehen. Und ganz ehrlich, was soll diese Distanz? Ich könnte mit Abstandsregeln auch keine Mäuse jagen. Also hört auf mit dem Unsinn.

#Puzzeln

Seit einiger Zeit haben meine Dosenöffner ein neues Hobby. Sie nennen es ,Puzzeln'. Ich wusste gar nicht, dass es für etwas derartig Sinnloses einen Namen gibt. Scheinbar machen das momentan viele Menschen. Statt die Zeit im Haus zu nutzen und sich auszuschlafen, mir den Bauch zu kraulen oder viel zu essen, um stark für den Kampf gegen #CoronaDuHund zu sein, machen sie so etwas. Das sieht ihnen ähnlich.

Es wundert mich nicht, dass die Katzen in den Haushalten die Herrschaft übernommen haben. Außer uns denkt hier keiner rational. Und die Dosenöffner können froh darüber sein, denn ohne uns wären sie längst ausgestorben. Abgesehen davon kann sich #CoronaDuHund beim Puzzeln, wenn sie kaum von alleine aufstehen können und so konzentriert auf den Boden starren, wie man das nur beim Fangen eines Vogels macht, heimlich anschleichen und Happs... Weg sind sie! Ich halte vor dem Haus weiter die Stellung. Irgendjemand muss hier etwas Sinnvolles tun!

Aber ich habe Euch noch gar nicht erklärt, was dieses Puzzeln überhaupt ist. Sie legen Papier auf den Boden und formen das zu einem Bild, welches jedoch aufgrund der vielen Teile kaum zu erkennen ist. Ich wollte mir das gestern genauer anschauen und habe mich auf dieses Puzzle draufgewagt. Da sind sie völlig ausgerastet. Ich dachte erst, der besagte Hund wäre hinter mir und habe mich zudem so erschrocken, dass ich schnell weggerannt bin.

Danach bin ich kurz völlig ausgerastet: Diese Teile klebten überall an meinen Pfoten! Sie gingen erst ab, als ich durch das ganze Zimmer rannte und aufs Bett sprang. Wieso die Dosenöffner mich total schockiert anstarrten und schimpften, verstehe ich nicht! Ich dachte wirklich kurz, dass diese Teile nun für immer an meinen Pfoten kleben bleiben würden. Ich musste auf diesen Schreck erst einmal ein kleines Mittagsschläfchen von fünf Stunden machen.

#backtonormal

Ich habe mich die letzte Woche entspannt. Ein Wellnesshotel war nichts dagegen. Wobei… An diesen Orten gibt es angeblich genug Essen für alle, etwas wovon ich armer Kater nur träumen kann. Also lasst uns nicht übertreiben! Der Hunger bleibt mein täglicher Begleiter. Aber es war trotzdem toll, vor allem im Gegensatz zu den letzten Wochen und Monaten. #CoronaDuHund hat mir das Leben verkompliziert. Doch langsam komme selbst ich wieder in meinen Alltag zurück...

Was für ein Katerleben! Also ich mag die kleine Dosenöffnerin wirklich gerne! Aber Gott sei Dank sind diese sogenannten KiTa s wieder geöffnet und sie geht seit Anfang letzter Woche wieder regelmäßig dorthin! Endlich kann ich wieder den ganzen Tag auf meinem Bett schlafen, ohne permanent geweckt zu werden, Küsse auf den Kopf und auf die Ohren zu bekommen oder spontan angeschrien zu werden.

Ich kuschle gerne mit ihr und den großen Dosenöffnern und sie ist so klein und knuddelig, aber das ganze Küssen ist zu viel, da muss ich mich immer ewig danach putzen. Und das

Schreien ist sehr heftig für meine empfindlichen Katerohren. Also Katzenbabys sind schon laut, doch da kann man sich als Kater immer gut zurückziehen und die Katze kümmert sich um die Kitten. Aber diese heranwachsenden Dosenöffner sind so laut, dass mir schon ein paar Mal fast das Trommelfell geplatzt ist, obwohl ich am anderen Ende des Zimmers mit genug Sicherheitsabstand lag. Zudem kommt so ein Schrei immer so plötzlich, wenn ich gar nicht damit rechne. Danach brauche ich immer einige Minuten, bis ich wieder einschlafen kann, weshalb mein Schlafrhythmus für mehrere Tage gestört ist.

Mir sind in den letzten Monaten so einige weiße Haare gewachsen, auf meinem schönen, schwarzen Fell. Ein Desaster! Die Nachbarskatze schaut mich schon komisch an. Zudem war es auch nie meine Entscheidung, Kinder zu haben, als ich hierhergekommen bin, hatte ich nicht geahnt, dass ich meine Dosenöffner so bald nicht mehr für mich alleine haben werde.

Überall wird momentan von Kompensation der Schäden durch #CoronaDuHund bei den Dosenöffnern geredet – im Fernsehen oder bei den Telefongesprächen mit ihren Arbeitgebern – und an uns Katzen, die wir in dieser Zeit eine so wichtige Stellung eingenommen haben, denkt natürlich wieder keiner.

Danke für nichts! Aber zumindest kann ich jetzt endlich meinen Schönheitsschlaf von 22 Stunden am Tag machen und muss nicht mehr diese unerträgliche Kürzung auf 21 ½ Stunden ertragen!

#zurückandenArbeitsplatz

Sie arbeiten wieder. Gott sei Dank! Also zumindest sie ist wieder unterwegs. Er sitzt immer noch den lieben langen Tag an diesem elektrischen Gerät und schläft. ‚Homeoffice' nennt er das. Ich würde es eher Schlafoffice nennen! Manchmal steht er auf, aber nur um sich etwas zum Essen zu holen. Das ist eine ziemlich störende Geräuschkulisse, wenn ich gerade meine Tiefschlafphase im Büro habe. Es war echt angenehmer, als nur ich und die Perserkatze tagsüber Zuhause waren – Perserröschen ist jedoch ein besserer Name für sie. Auch wenn sie mich regelmäßig belästigt, ist sie wenigstens leise – bis auf ihr Schnarchen – und schläft gemeinsam mit mir die Zeit ab.

Bei dieser Art zu ‚arbeiten', kann man es nicht verhindern dem Dosenöffner tagsüber zu begegnen. Und ab und an, wenn er mich nach meiner anstrengenden Nacht auf dem Bett schlafen sieht, sagt er tatsächlich zu mir: „Ach so ein faules Katerleben, das ist etwas Angenehmes!" Im Gegensatz zu ihm arbeite ich nachts und zwar Vollzeit. Er schläft da auch! Diese Doppelmoral stinkt mehr als jedes Katzenklo! Durch dieses permanente Schlafen kommt er fast schon auf mehr Stunden als die Perserdame, welche ca. 23 ½ Stunden am Tag schläft! Ich dachte, das kann niemand übertreffen! Da habe ich mich wohl geirrt…

Ich werde mich in nächster Zeit ein bisschen besser mit der Dosenöffnerin halten, irgendjemand muss ja mein Futter bezahlen. Und so verdient er bestimmt nicht genug, um die gewünschte Qualität meiner Speise bezahlen zu können

Ich dachte, dass Corona endlich die Düse gemacht hätte. Schon länger sprechen sie nur noch ab und an von ihm und meine Diät, der Schönheitsschlaf am Mittag und die Revierkämpfe bestimmen wieder mein Leben. Zudem – stellt euch vor – habe ich diesen angsterregenden Köter immer noch nicht gesehen! Ihr etwa? Ich dachte wirklich, dass es endlich geschafft wäre und Ruhe einkehren würde… Und an manchen Tagen habe ich wahrhaftig vergessen, dass #CoronaDuHund aktuell immer noch sein Unwesen treibt.

Aber nein, meine ‚Me-time' hat ziemlich schnell wieder ein Ende gefunden und ich muss mir erneut meine vier Wände tagsüber mit anderen teilen. Denn da sitzt plötzlich und ohne Vorwarnung die große Dosenöffnerin mit der kleinen Dosenöffnerin den ganzen Tag in meiner Wohnung. Sie haben ihn nicht gesehen, aber es wird vermutet, dass ‚Corona' bei den Eltern eines KiTa-Freundes der kleinen Dosenöffnerin eingezogen ist und dort wütet. Sie wissen es nicht, aber sitzen sofort wieder in meinem Zuhause und verschließen alle Türen. Diese Angstmenschen! Ein Glück bin ich in dieser Krisensituation bei ihnen und kann sie mit meinem Schnurren beruhigen. Die große Dosenöffnerin hat gesagt, dass sie Angst hat, dass er mit ihr in die Schule kommen könnte und sie deswegen geschlossen werden müsste. Man kann auch übertreiben, als ob so ein wilder Hund ganz brav an ihrer Seite mit zur Arbeit gehen würde…

Und der Dosenöffner? Er schläft weiter vor seinem Laptop als wäre nichts passiert. Die Perserkatze interessiert sich weiterhin nicht für die Belange der Dosenöffner, sondern nur für ihren Schönheitsschlaf, der nichts zu bringen scheint. Zumindest hieran ändert sich nichts. Aber wenn ich mich hier nicht um alle kümmern würde, dann macht das sonst keiner. Ich bin eben der Kater im Haus!

Trotzdem bin ich vorsichtshalber auch drinnen geblieben. Einerseits weil mir #CoronaDuHund ein bisschen Angst macht und ich ihm nicht ausversehen begegnen möchte. Andererseits weil die kleine Dosenöffnerin so wichtig für mich ist, dass ich ein Leben ohne sie und ihre zärtlichen ‚Ai's nicht mehr ertragen würde, weshalb ich sie beschützen und ihr nicht mehr von der Seite weichen werde. Außer für den Toilettengang, da muss sie kurz alleine überleben. Diese paar Minuten am Tag brauche ich für mich!

ZWEI

DER GROßE #HUNGER

Kommentar des Katers:

Dies ist das wichtigste Kapitel des vorliegenden Buches, wenn auch zugleich das traurigste. Also haltet bittet Taschentücher parat, um eure Tränen trocknen zu können.

Wiederholungen sind auf den nächsten Seiten ein gewolltes Stilmittel, um meine Notsituation noch stärker zu verdeutlichen.

#Hilfegesuch

Wanted: Ein Lebewesen, welches sich für die Rechte von besonders privilegierten schwarzen Katern einsetzt, die nicht artgerecht gehalten werden. Besser gesagt, gequält werden!

Folgendes ist passiert: Gestern wurde ein neues Maß von Tierquälerei übertroffen. Ich dachte nicht, dass das momentan ignorante und häufig meiner Wenigkeit nicht gerecht werdende Verhalten meiner Dosenöffner noch schlimmer werden kann. Wahrhaftig war ich davon überzeugt, dass diese Diät das Grausamste ist, was mir passieren könnte. Aber ich habe mich getäuscht.

Gestern haben sie drei Stunden lang Sushi zubereitet – Mit frischem Fisch! Erst einmal: Wie kann man frischen Fisch so lange stehen lassen bei den aktuellen Temperaturen? Wieso sind sie so dumm und bearbeiten ihn drei Stunden und essen ihn nicht in der sinnvollsten aller Formen: roh und ohne Gemüse? Und Wieso werde ich weggesperrt? Essen bedeutet doch Gemeinschaft!

Nachdem ich mehrmals probierte auf den Tisch zu gelangen, um auf mich aufmerksam zu machen und meinen Teil des Abendessens zu bekomme, haben sie mich ohne mit der Wimper zu zucken in das Nachbarzimmer gesperrt. Alleine und ohne Fisch. Gerochen habe ich ihn trotzdem durch die Ritze unter der Tür hindurch. Und da saß ich dann, Stunden, die mir wie Tage vorkamen.

Als sie mich wieder herausließen, war alles weg. Nicht einmal mehr der Mülleimer roch nach Fisch! Sie hatten mir nichts übriggelassen.

Ich werde lange brauchen, vielleicht werde ich es auch nie verarbeiten, dass sie derart egoistisch und respektlos mit mir umgehen. Es ist unfassbar, dass sie in meinem Haus leben, in meinem Bett schlafen und trotzdem derart undankbar sind!

Mit mir nicht! Wenn ich das Zehn-Finger-Tippen gelernt habe, schicke ich sofort eine Anzeige raus.

#schlimmeTage

Heute ist einmal wieder einer dieser traurigen und kräftezerrenden Tage. Sie sind wirklich immer noch den ganzen Tag Zuhause und schlafen an ihren Schreibtischen, weshalb ich gar nicht verstehen kann, wie all das überhaupt passieren konnte… Ja, wir befinden uns in einer schwierigen Situation, aber sie vergessen auch nicht auf die Toilette zu gehen oder etwas zu essen… Deshalb habe ich mit ihrem heutigen Verhalten gar nicht gerechnet.

Trotz meiner aufopferungsvollen Anstrengungen der letzten Wochen in dieser ungewöhnlichen Ausnahmesituation mit #CoronaDuHund, in der ich immer alles gegeben und über die ich mich wohlgemerkt nie beklagt habe, sind sie so rücksichtslos mir gegenüber. Ich bin nur noch fassungslos! Ich dachte, meine Diät wäre das Schlimmste, was mir passieren könnte, aber da habe ich mich wohl getäuscht!

Was passiert ist? Stellt euch vor: Sie haben mir heute Morgen mein Nassfutter hingestellt, aber mein Trockenfutter vergessen! Was sind das für Menschen? Ich habe erst gewartet, weil ich dachte, dass sie nur länger brauchen, manchmal ist das so. Während ich schon ausgehungert auf dem Boden liege und nur noch schwach atme vor Hunger, ist etwas anderes wichtiger, aber dann bemerken sie recht schnell meine bemitleidenswerte Situation und geben mir die zweite Portion.

Das passierte heute jedoch nicht. Also habe ich mehrmals verzweifelt auf mich aufmerksam gemacht, dafür meine letzten Kräfte mobilisiert, und sie haben mich trotzdem weiterhin dezent ignoriert. Und stellt Euch vor, was sie stattdessen getan haben. Erst selbst gegessen und sich dann erneut zum Schlafen vor ihre Laptops gelegt, ohne noch einmal zu mir zurückzublicken. Ich bin schockiert über diese Undankbarkeit. Wie rücksichtslos und empathielos sie sind!

Falls ihr nichts mehr von mir hört, bin ich vielleicht zu schwach zu schreiben… Bitte ruft in diesem Falle den Tierschutz. Aufgrund der Diät habe ich schon meinen ganzen Winterspeck verloren und weiß nicht, wie lange ich durchhalten werde, wenn sie noch einmal mein Fressen vergessen sollten.

Danke für eure zahlreiche Unterstützung! Auch wenn ich nicht weiß, wieso ich hierbleibe, ist mein Verantwortungsbewusstsein so groß, dass ich die Dosenöffner nicht alleine lassen möchte. Ohne mich sind sie aufgeschmissen!

#summerfeeling #Konzentrationsschwierigkeiten

Heute ist wieder etwas Unfassbares passiert. Lasst mich kurz überlegen, bei der Hitze ist es manchmal etwas schwierig mich zu konzentrieren.

Moment, ich muss ganz kurz pausieren. Ich höre Geräusche aus der ersten Etage. Es klingt so, als wären sie in der Küche zu Gange. Ich muss zugeben, dass mich das immer ablenkt. Es könnte ja sein, dass sie spontan feststellen, dass meine Diät unberechtigt war, und mir plötzlich Futter geben wollen. Was ist das für ein Geräusch? Ist das das Trockenfutter? Ach nein, es waren nur die Nudeln… Also ich habe schon einmal an einer

Nudel geleckt… Pfui. Keine Ahnung, warum sie so etwas essen?

Also zurück zu dem, was ich Euch berichten wollte…

Moment, aber das, das klingt wie mein Trockenfutter. Lasst mich kurz hören… Ich erkenne das Geräusch des Trockenfutters, wie es in meinen Napf fällt, oder auch wie sie den Beutel meines Nassfutters aufmachen bei geöffneten Fenstern sogar im Garten und mache mich dann immer schnell auf, damit das Futter bei dem Wetter nicht verdirbt oder die dürre Perserkatze sich doch entschließt, etwas davon zu essen. Man weiß nie…

Sie isst gefühlt nur drei Körnchen Trockenfutter am Tag. Besser für mich, könnte man zumindest glauben. Aber nein, nicht ganz, die Dosenöffner stellen es dann immer weg, damit ich nicht ihren Futternapf leere. Dabei lasse ich ihr immer den Vortritt. Sie droht mir auch immer mit ihrer viel zu behaarten Pfote, wenn ich mich ihr beim Fressen nähere. Dabei frisst sie gefühlt nichts. Keine Ahnung, warum sie meine Anwesenheit und mein Hunger stören. Sie will damit wohl nur zeigen, dass sie die Frau im Haus ist und das Hausrecht hat, weil sie älter ist und schon länger hier war. Furchtbar diese Machthierarchien. Aber man macht dann halt doch, was die Frauen einem sagen. Die Katze hat halt das Fell an in diesem Haus, so ungern ich das zugebe.

Leute, das ist wirklich das Geräusch von Trockenfutter und das um diese Uhrzeit? Das kann nur ein Traum sein oder Halluzinationen aufgrund der Hitze? Aber egal, ich schaue nach. Lieber einmal zu viel geschaut als einmal zu wenig.

Seit ich vor einer gefühlten Ewigkeit unberechtigterweise auf Zwangsdiät gesetzt wurde, muss ich mich mit allerhand Tricks durchs Leben schlagen, um nicht am Hungertuch zu nagen.

Das ist schon traurig, wenn man bedenkt, dass die Frau aus der Vermittlungsagentur damals von den Dosenöffnern zu hören bekam, wie gut es mir bei ihnen gehen würde. Und dass ich, stolzer, schwarzer Kater, nie mehr so sehr leiden würde wie auf der Straße. Und nun sitze ich jeden Tag hier und überlege, wie ich ihn einigermaßen überstehe, immer gestresst von meinem permanenten Magengrummeln, welches ich mit viel Schlaf zu vergessen versuche.

Nun aber zu meinem Überlebenstricks, die vielleicht dem ein oder anderen Leser, der sich in einer ähnlichen Situation befindet, helfen könnten. Es ist nicht nur so, dass ich, wenn sie die Küche verlassen, heimlich die Perserkatze von ihrem Futter während des Fressens wegdränge und den vollen Napf für mich beanspruche. In so Momenten bin ich froh über ihre Anwesenheit, da es eine zweite Futterquelle bedeutet, auch wenn ich bis heute nicht verstehe, warum sie regelmäßig Futter bekommt und ich nicht…

Ich stürze mich manchmal auch vor ihren Augen auf das Fressen, die Dosenöffner sollen ruhig sehen, in welche verzweifelte Situation sie mich bringen und das ihr Verhalten ganz und gar nicht in akzeptabel ist. Wenn sie das Trockenfutter aus der großen Box holen, renne ich schnell zur Schublade, schnappe mir mit meinem Maul so viel Futter, wie ich mit einem großen Happs hineinbekommen kann, und verteile es auf dem Boden, da ich es nicht mit einem Mal herunterschlucken kann. Von dort futtere ich es rasend schnell, damit sie nicht auf die Idee kommen, es wegzumachen, bevor ich es gefressen habe. Ja, ein Glück bin ich schlau, sonst wäre ich hier bestimmt längst verhungert!

Manchmal erzählen sie von meinen schwarzen Vorgängern und ich frage mich immer, ob sie nach einem erfüllten Leben eines natürlichen Todes gestorben sind oder ob sie hier in ähnlichen Umständen wie ich verhungern mussten…

#Hunger und andere #Hürden

Der Alltag in diesem Haushalt ist – wie ihr schon mitbekommen habt – nicht immer leicht. Häufig bekomme ich glücklicherweise von der kleinen Dosenöffnerin heimlich Futter zugesteckt, weil man hier immer noch dem Irrglauben unterliegt, dass es für Katzen besonders gut wäre, so schlank wie möglich zu sein. Das betrifft natürlich nur mich als schwarzen Kater, bei der Perserkatze hat niemand mitbekommen, dass sie ein zugenommen hat, da sie so dickes Fell hat und ihre Pölsterchen gut verstecken kann. Und manchmal leckt sie sogar die Reste aus meinem viel zu leeren Futternapf. Dabei bekommt sie mehr als genug Futter und das auch noch immer, wenn sie etwas haben möchte

Aber ab und an höre ich auch die kleine Dosenöffnerin, wie sie sich an meiner Futterschublade zu schaffen macht und springe voller Hoffnung aus dem Bett, um möglichst schnell zu ihr zukommen. Da hat sie mir vor einigen Tagen alle meine Teller auf den Boden gestellt. Ich war so glücklich und dachte, das würde ein Festmahl werden. Von wegen! Sie legte einfach lilafarbene Schwämme in meine Näpfe. Ich verstand die Welt nicht mehr. Was war das? Eine neue Foltermethode?

Leider nicht die einzige in diesem Haus. Sie wirft auch gerne mein Trockenfutter wie Körner auf den Boden. Ich esse es zwar immer, weil ich so ausgehungert bin, gleichzeitig finde ich das jedoch keinerlei artgerechte Haltung. Bin ich denn ein Huhn? Ich bin so viel ansehnlicher, intelligenter und wichtiger als ein Huhn: Ich bin ein schwarzer, stolzer Kater!

Aber nicht nur sie macht solche seltsamen Dinge. So machen mir die Dosenöffner auch öfters Wasser in mein Trockenfutter, da ich dann das Gefühl hätte, schneller satt zu sein. Vielleicht sollte ich ihre Chips demnächst auch einweichen, dann sehen wir, ob sie das so lustig finden.

Sie versuchen mich also auszutricksen, indem sie mir Futter geben und mich gleichzeitig beim Fressen verhungern lassen. Ich durchschaue das ein Glück und fresse dafür heimlich Essen von ihren Tellern, wenn sie kurz die Küche verlassen. Mit mir nicht!

Abgesehen davon, dass ich seit einiger Zeit sowieso mehr Sport machen muss, da sie ein Gitter vor der Küche und das Bad befestigt haben. Sie behaupten, dies hätte den Zweck, dass die kleine Dosenöffnerin nicht alleine Unfug dort treibt…. Ich glaube, sie machen das, um meine anstrengenden Tage noch unangenehmer zu machen. Ich hoffe, dass sie nicht noch mehr solche furchtbaren Dinge einfallen lassen, um mir den Alltag zu erschweren!

#Hunger #Klappedie1000.

Der Hunger treibt mich immer wieder in schlimme, katerunwürdige Situationen. Aber so ist das leider, wenn man täglich um seine Existenz kämpfen muss.

Dank der kleinen Dosenöffnerin finde ich häufig Reste des Essens meiner Dosenöffner auf dem Boden verteilt. Es ist nur wenig, aber es macht mich glücklich, denn jeder Krümel mehr auf den Rippen erleichtert mir das Leben und dämpft das Hungergefühl. Ich hoffe, dass sie diese Art des katerfreundlichen Essens immer beibehalten wird.

Trotzdem reicht es nicht, um mein Gewicht aufrechtzuerhalten. Da kann ich nur zu härteren Maßnahmen zurückzugreifen. So hat beispielsweise die Nachbarin Katzenfutter für einen Igel in den Garten gestellt. Wer macht denn so etwas? Dem Futter Futter geben? Das verstehe ich nicht... Vielleicht kann mir das jemand demnächst einmal erklären. Nach kurzem Unverständnis nutzte ich gleich die einmalige Chance und fraß davon. Sie sah mich und war empört darüber, weshalb sie sofort meine Dosenöffner anrief, mit der Bitte, ich sollte von 18:00 bis 20:00 Uhr ihrem Garten fernbleiben, damit der Igel ungestört fressen könnte. Ich verstehe das wirklich nicht... Ich gebe Mäusen doch auch kein Futter, sondern ich futtere sie. Die Dosenöffner dachten sich schon, dass ich ihnen diesen Gefallen nicht tun werde, aber sie erwähnten es trotzdem. Zumindest diente es ihnen als Scheinargument, um mir auch an diesem Abend mein Futter zu rationieren.

Nicht so schön war es, als ich vor ein paar Tagen in dem Erbrochenen der Perserkatze Trockenfutter erblickte und mich dazu entschied, dies zu mir zunehmen. Der Hunger trieb es rein und der Ekel schiebt es runter, auch wenn es nicht vergleichbar ist mit frischem Trockenfutter. Was die Dosenöffner niveaulos fanden, war eine pure Verzweiflungstat. Ob sie das verstanden habe, weiß ich nicht.

Und abends habe ich das Glück, dass die kleine Dosenöffnerin mir kleine Portiönchen auf ihrem Teller hinterlässt, den die großen Dosenöffner bei ihrem Zubettgeh-Ritual manchmal auf dem Essenstisch vergessen. Wenn es Spinat mit Sahne gibt, dann muss ich leider auch den Spinat mitessen, um an die Sahne zu kommen. Bei Schafskäse mit Zucchini, gilt das gleiche für die Zucchini. Das macht mich nicht glücklich, aber es ist überlebensnotwendig. In der Not frisst der Carlo eben auch Gemüse. Und immer noch besser als zu verhungern.

Nur eine Sache ist mir tatsächlich nicht bekommen: Die Süßkartoffelpommes. Abartig, dass die Dosenöffner so etwas zu sich nehmen. Da musste ich mich danach direkt übergeben und leider ist auch ein bisschen des normalen Futters mitherausgekommen. Das war also dieses Mal ziemlich kontraproduktiv, beim nächsten Mal werde ich die Süßkartoffel nicht fressen. Obwohl, erst einmal schauen, wie kritisch meine Situation ist.

Als Dank für diesen Fraß habe ich gut gezielt und alles auf ihr Sitzkissen befördert, da sehen sie wie widerlich dieses Zeug ist, welches sie ‚Essen' nennen und dass ich aus Hunger zu mir nehmen muss.

#DuHund

Ich musste erneut feststellen, dass mein Leben in diesem Haus nicht nur physisch, sondern auch psychisch sehr anstrengend ist.

Sie haben wahrhaftig das Schlimmste zu mir gesagt, was man zu einem so stattlichen Kater wie mir sagen kann: „Du Hund!" Habt ihr schon einmal ein schlimmeres Schimpfwort zu Ohren bekommen? Selten wurde ich so tief beleidigt und gekränkt zugleich. Gleichzeitig stelle ich traurig fest, dass sie nicht Unrecht haben… Aber nur weil sie mich zu diesem Hundeleben zwingen, indem sie versuchen mich aushungern zu lassen.

Es ist wahr, ich beginne schon abends um fünf zu weinen und zu betteln wie ein besonders armseliger Hund, damit sie auf keinen Fall mein Fressen um sechs Uhr vergessen und sich auch nicht bei der Essensausgabe verspäten. Während sie essen, sitze ich immer noch hungrig neben dem Tisch, da mir die wenigen Körner Trockenfutter nicht reichen, um satt zu werden. Kaum fällt etwas zu Boden, stürze ich mich darauf, in der Hoffnung, dass es lecker ist oder zumindest mein Hunger dadurch ein wenig gestillt werden konnte. Ich lecke alle Kochutensilien aus und ab, die ich abends finde und die kurz unbeobachtet sind. Dabei musste ich vor kurzem ausversehen Blumenkohl kosten und habe mich fast übergeben, als ich das Olivenöl aus der Pfanne für die Auberginen ableckte. Aber es hätte sein können, dass ein bisschen Fleisch dabei gewesen wäre. Deshalb probierte ich es, die Hoffnung stirbt bekanntlich zuletzt, und ich musste feststellen, meistens ist Dosenöffner-Essen nicht lecker! Pfui, wer isst denn Gemüse! Ich würde ihnen etwas Katzenfutter abgeben, besonders der kleinen Dosenöffnerin, wenn ich etwas entbehren könnte. Dem ist jedoch nicht so.

Glück hatte ich vor einigen Tagen, als die Dosenöffner-Oma mit ihrem Hund hier war und dieser wohlgenährte Dackel – ein Dackelleben müsste man haben! – mir seine Hundeleckerlies überlassen hatte. Kann man sich das überhaupt noch vorstellen? Meine Situation ist so schlecht, dass selbst Hunde Mitleid mit mir haben und mir Almosen gegeben. So weit ist es gekommen. Aber trotzdem war es ein guter Tag, da Hundeleckerlies deutlich leckerer sind als die Reste des Spinats aus dem Topf. Dank gebührt dem Dackel!

#Snacktime

Ein Wunder ist geschehen. Meine Träume und Wünsche wurden erhört. So lange musste ich warten. Doch ich war geduldig und wurde dafür rechtmäßig belohnt. Es wurde endlich anständiges Essen geliefert. Ja, scheinbar haben sie für mich einen Lieferdienst bestellt. Für den schwarzen Kater nur das Beste! Mir läuft das Wasser im Maul zusammen.

Ich muss zugeben, ich mochte die Tante der Dosenöffnerin schon immer. Aber nun ist ihr Ansehen in diesem Haus deutlich gestiegen. Sie hat richtig leckere Snacks mitgebracht. Ihr ratet nie, was es ist. Ich wollte meinen Augen kaum trauen. Zuerst dachte ich, dass ich aufgrund des Hungers halluzinieren würde. Das erschien mir deutlich wahrscheinlicher, als dieses Festmahl! Aber ja, nach all den Jahren wird endlich meine Arbeit für dieses Haus geschätzt: Es gibt drei leckere Meerschweinchen zum Abendessen. Zwei haben ein bisschen viel Haare, aber das ist nicht so tragisch… Vielleicht rasieren sie diese vorm Servieren ab oder ich fresse sie einfach mit Haut und Haaren, habe ja in letzter Zeit schon ganz anderes gefuttert.

Ich berichte später mehr von diesen wunderbaren Ereignissen, denn ich muss mich jetzt auf die Lauer legen und warten, bis sie mein Fressen aus dieser großen Transportbox holen und für mich in mundgerechte Happen schneiden werden. Sie haben die wohlduftende Mahlzeit ins Wohnzimmer gestellt und die Tür zugemacht, bestimmt wollten sie mich überraschen, aber ich habe das gleich mitbekommen, einer hungrigen Nase – und vor allem einer eines schwarzen Katers – entgeht nichts.

Der Weihnachtsbraten ist für mich serviert und das an einem tristen Tag im November. Ein guter Tag!

#Desillusion #Depression #Zahnarzt

Es ist passiert, womit ich niemals gerechnet hätte. Ich bin entsetzt. Ich hätte den Dosenöffnern alles zugetraut, sogar dass die Meerschweinchen nicht für mich sind und sie sie selbst essen oder gar – welch eine Verschwendung – als Staubwedel benutzen – ‚Meersauwischer' nennt man das im Katzenjargon. Aber nicht das: Die Meerschweinchen waren bei uns auf ‚Urlaub'. Sie wurden heute von der Tante der Dosenöffnerin abgeholt – ich revidiere mein Urteil über sie: Sie ist die Schlimmste von allen! Wer einen schwarzen Kater derart täuscht, ist zu allem fähig.

Noch viel schockierender ist jedoch: Sie bekommen dreimal am Tag Fressen. Dreimal! Dabei sind das so kleine Wesen. Ich müsste zwei von ihnen fressen, um überhaupt satt zu werden. Ich frage mich: Wie haben sie sich diese Behandlung nur verdient? Und wie kann man als Dosenöffner einen schwarzen Kater verhungern lassen und Meerschweinchen mästen? In welcher verrückten Welt lebe ich hier? Was macht das für einen Sinn? Wollen sie diese kleinen Häppchen etwa, wenn sie dick sind und sich nicht mehr bewegen können, selbst verspeisen? Zutrauen würde ich es ihnen ja… Ich traue ihnen so langsam alles zu.

Und als ob das nicht genug wäre, haben sie mich – immer noch in Schockstarre – wieder in den kleinen Käfig gepackt und zu diesem Tierarzt geschickt. Er solle sich meinen Zahn anschauen, als ob der mir bisher nur ein einziges Mal geholfen hätte? Der ärgert mich nur!

Erst schaut er sich tatsächlich meine Zähne an, die waren aber scheinbar in Ordnung, was mich wunderte, da die Stelle, an der ich meinen Zahn verloren habe, ehrlich gesagt immer noch etwas schmerzt. Macht ihn aber einen Hauch sympathischer, dass er nicht permanent in meinem Maul herumgestochert hat.

Aber dann kam die Höhe, ich wusste, dass das keine netten Menschen sind, denn da kam diese sogenannte ‚Arzthelferin' – Helferin, das ist nicht lache! – mit einer Spritze und noch bevor ich etwas dagegen unternehmen konnte, hielten sie mich mit Handschuhen fest und sie pikste mir damit in meinen hübschen Katzenpopo.

Könnt ihr euch meine Entrüstung vorstellen? Ich war so wütend, dass ich neben einem immensen stinkenden Haufen auf dem Tisch, sie noch mit einem großen Strahl anpinkelte. Die wagt es sich nicht mehr, mich anzufassen! Die wird noch die nächsten Wochen Albträume von mir haben. Zu Recht! Ich hatte selten eine derart miese Woche!

#schuldig oder #nichtschuldig – das ist hier die Frage

Der letzte Tierarztbesuch hat mich etwas nachdenklich gestimmt. Ich habe in letzter Zeit viel gegen die Dosenöffner gewettert. Aber eigentlich trifft sie keine Schuld … Der einzige Schuldige an diesem Essensschlamassel ist der Tierarzt, auch bekannt als Tierquäler. Ich weiß noch, wie sie mich bei unserem ersten Treffen beruhigten und sagten, er wäre sehr nett, ich müsste keine Angst haben. Dann erschlich er sich Stück für Stück mein Vertrauen, versuchte mich um die Pfote zu wickeln, um vor über zwei Jahren damit anzufangen, mich verhungern zu lassen und das neben den gefüllten Trockenfutterbeuteln. Das glaubt mir auf der Straße immer keiner…

Als ich vor einigen Jahren hierherkam, war alles anders! Da stellte mir jeder dauernd Futter hin, wenn ich nur die kleinste Andeutung machte, dass ich Hunger haben könnte. Sie hatten sogar eine Angestellte für mich, die den ganzen Tag da war, um meinen Napf aufzufüllen, wenn er leer war. Ja, sie spielte auch mit der kleinen Dosenöffnerin, aber ihre Hauptaufgabe war es, sich um mein Wohlbefinden zu sorgen. Morgens und abends gab es genug Nassfutter. Trockenfutter stand sowieso immer da. Ich teilte mir einen Napf mit der Perserdame, das war aber nicht tragisch, da er wie durch Magie immer voll war. Es war wie im Paradies.

Und dann kam der Besuch, der alles veränderte. Als der Tierarzt sagte, ich wäre übergewichtig und bewegte mich zu wenig, wenn ich so weitermachen würde, bekäme ich Diabetes. Und da ich so ein Wilder bin, dem man keine Spritzen geben könnte, wäre das mein Todesurteil. Das stimmte die Dosenöffnerin traurig und sie erzählte, dass die vorherigen schwarzen Kater immer so viel spazieren gegangen waren, dass sie das Problem nie hatten. Der Tierarzt hatte es geschafft und sie vom Schlimmsten überzeugt, indem er behauptete, sie müsste seinem Rat folgen, wenn sie mich liebte. Diese Gefühlsmasche – richtig gerissen! Und natürlich machte sie es, ohne sich über die Konsequenzen für mich Gedanken zu machen, aus Katzenliebe. Drei Jahre hungere ich deswegen schon und bin jeden Morgen glücklich, genug Kraft zum Aufstehen und Schimpfen zu haben, um das fehlende Futter zu bemängeln.

Zudem habe ich leider noch eine weitere Befürchtung… Oh, Moment, ich glaube, ich habe meine Futterschale nicht ganz leergeleckt. Ich muss schauen.

#schlimmeVermutung

Tut mir leid, ich war so vom Essen abgelenkt, dass ich jetzt erst dazukomme, weiterzuschreiben.

Manchmal habe ich das Gefühl, dass die Dosenöffner viel vergessen. Er ist ja fast doppelt so alt, wie eine Katze überhaupt werden kann… Verrückt, diese menschlichen Wesen! In diesem hohen Alter wird man zwangsläufig vergesslich oder gar dement. Also zeigen die Perserdame und ich ihnen, um sie zu unterstützen, abends und morgens wo unser Futternapf steht und in welcher Schublade das Futter zu finden ist.

Es dauert dann immer eine Weile und sie reden von irgendeiner anderen Uhrzeit, aber ich werde leider aus dieser Uhr nicht schlau… Ist das ein Codewort, welches ich absichtlich nicht verstehen soll? Mir ist auch ehrlich gesagt nicht klar, warum sie sich nicht an der Sonne orientieren, das wäre viel klüger. Aber jeder hat seine Marotten und Dosenöffner sind nicht immer die klügsten Wesen. Das sind wir Katzen ja bereits. Manchmal reden sie kurz mit uns, vergessen dann aber wieder, dass sie uns Futter geben wollten.

Das alles ist sehr anstrengend und es hilft nur penetrant dranzubleiben und so lange zu schreien, bis sie merken, dass wir kurz vorm Verhungern sind. Aber ich denke durch meine Unterstützung und die lauten Schreie, die sie auf mich aufmerksam machen, erinnern sie sich nach einiger Zeit wieder an ihre wichtige Aufgabe.

Dies ist neben dem schlechten Einfluss des Tierarztes ein weiterer Grund, der für ihre Unschuld am Futtermangel spricht, auch wenn es meine Situation nicht verbessert… Ich hoffe bloß, dass sie nicht eines Tages vergessen, das Katzenfutter zu kaufen oder beim Einkaufen nicht mehr nach Hause finden, weil sie die Orientierung verloren haben. Das wäre dramatisch, vor allem für mich! Und hoffentlich vergessen sie nicht eines Tages gar, dass ich sie besitze.

Wie alt werden eigentlich Dosenöffner? Ich hoffe, dass das keine Anzeichen dafür sind, dass ihre Gesundheit schlechter wird. Ich mag sie doch trotz ihrer Macken so gerne.

#vergesslich

Ich schwöre, das ist mir noch nie passiert! Aber es gibt bekannterweise immer ein erstes Mal. Ich war selbst schockiert, wahrscheinlich war es das schöne Wetter, welches mich meine Grundbedürfnisse vergessen ließ. Über Stunden hatte ich in der Sonne gechillt – ein Glück bei dem miesen Wetter, das wir jetzt haben –, als plötzlich fast schon panische Rufe aus meinem Haus zu hören waren, plus das typische Essensgeräusch. Schnalzen eigentlich alle Dosenöffner mit der Zunge, um Katzen das Fressen anzukündigen oder ist das nur eine Eigenart von meinen Untertanen? Warum machen die das? Die sind manchmal schon eigen.

Erst reagierte ich nicht, ab und an macht sie das Essensgeräusch, weil sie etwas von mir möchte. Ich komme dann voller Erwartung zu meinem Napf und plötzlich – Oh Schreck – ist da gar kein Futter. Ich brauche Stunden, um mich davon zu erholen. Also mache ich mir lieber generell keine Hoffnung, dann kann ich nur positiv überrascht werden.

Aber als ich noch ein paar Sekunden länger in mich hineinhorchte, stellte ich fest, mein Magen knurrte. Ein Blick in den Himmel sagte mir, dass es viel zu spät war und ich schon im Haus sein und seit mindestens einer Stunde mein Leid, inklusive meine Angst vorm Verhungern kundgeben sollte.

Also sprang ich auf und lief auf sie zu. Sie machte mir auf der Straße, wo mich alle anderen Kater sehen konnten, eine riesige Szene: „Carlo! Wo bist Du gewesen? Wir haben uns schon Sorgen gemacht!" Echt, die ist total ausgerastet, als hätte ich irgendetwas Unerhörtes getan.

Hallo? Ich bin hier der Boss! Ich komme und gehe, wann ich möchte, und mache meine Spaziergänge, wann und wo ich will. Wenn ich ihnen jedes Mal eine derart dramatische Szene machen würde, wenn sie sich mit meinem Fressen verspäten, dann gute Nacht, da würde ich hier nur noch protestieren. Das kann selbst den Besten passieren, hoffentlich rennen sie nicht gleich wieder zum Tierarzt, um dem alles zu berichten… Der glaubt dann wieder alles mit diesen furchtbaren Spritzen oder einer Diät regeln zu können, dieser Unwissende.

Ich habe ihr ein genervtes: „Tú, tranquila! – Ruhig Blut!" entgegen gehaucht und bin stolzen Ganges nach drinnen geflitzt, wo ein Glück schon mein Fressen futterbereit neben dem Kühlschrank stand. Das war echt ein seltsamer Tag.

#ArmerschwarzerKater #Doppelmoral
#Sommerhitze

Und erneut geht es hier um Leben und Tod. Was passiert ist? Mein Magen hatte wieder geknurrt, ich wollte das den Dosenöffnern deutlich machen und nicht nur ihnen, sondern möglichst der ganzen Welt. Ich akzeptierte also, mir die Zunge zu verbrennen und im nächsten Schritt sogar meine Pfötchen, wenn ich das Auto der Dosenöffner bei den aktuell heißen Temperaturen ablecke oder darauf springe. Was es gebracht hat? Ratet einmal!

Sie standen also auf der Straße und unterhielten sich mit den Nachbarn, statt mir rechtzeitig Essen vorzubereiten. Es war schon kurz vor sechs und sie waren immer noch nicht im Haus, obwohl ich durch lautes Miauen meine Not kundtat. Da hilft nichts, da muss man zu stärkeren Mitteln greifen. Also stellte ich mich vors Nummernschild, miaute laut und begann, als alle schauten, demonstrativ dramatisch die toten Fliegen vom selbigen abzulecken. Das hinterließ leider nicht den erhofften Eindruck. Sie schauten nur kurz und waren dann wieder in ihrem unwichtigen Gespräch vertieft. Bei der kleinen Dosenöffnerin sind sie immer angetan, wenn sie etwas Tolles macht. Ich darf nicht fressen und wenn ich ihnen ihr Nummernschild sauber mache, um meinen Hunger zu stillen und das Auto zu putzen, kommt nicht einmal ein anerkennendes Wort. Da hilft nur eins: Noch deutlich an Drama zu zulegen, um mehr Aufmerksamkeit zu bekommen. Ein Fußballspieler ist ein schlechter Schauspieler im Gegensatz zu einem schwarzen Kater!

Ich sprang auf das schwarze Auto und da schauten sie endlich beeindruckt. So ein großer, prächtiger Kater auf einem schicken Auto. Ich präsentierte mich stolz, während ich ihre Blicke genoss. Aber Hochmut kommt bekanntlich vor dem Fall, tja, so war es leider auch dieses Mal… Wortwörtlich. Ein falscher Schritt und ich rutschte plötzlich vom Autodach hinunter, das war echt peinlich und ihr könnt euch nicht vorstellen, wie die gelacht haben. Statt Hilfe gab es nur Schadenfreude… Und daran, mein Futter zu zubereiten, dachte natürlich immer noch keiner. Meine sensible Katerseele ist verletzt und der Hunger macht diese unwürdige Situation nicht besser.

DREI

#FAMILIENLEBEN, #FESTE UND #RITUALE MIT DEN GROßEN UND KLEINEN #DOSENÖFFNERN

Kommentar des Katers:

Aus mir, einem einstigen spanischen Straßenkater, ist ein richtiger Familienkater geworden. Deshalb feiere ich natürlich ausnahmslos alle Feste mit, in der Hoffnung, es könnte dabei eventuell auch Futter für mich vom Teller fallen.

Als richtiges Familienmitglied habe ich auch Mitspracherecht beim Thema Erziehung des Nachwuchses. Im Gegensatz zur Perserdame, die lieber alleine ihre Schläfchen macht, statt Teil des Familienlebens zu sein. Fast nebenher kümmere ich mich noch um die motorische Entwicklung des Nachwuchses, indem er zum Beispiel lernt, wie man die Trockenfutterdose aufmacht und möglichst viel Futter in meine Schale hineinfallen lässt.

Das sind nur ein paar Einblicke von zahlreichen. Auf den nächsten Seiten werde ich euch noch mehr von meinen Aufgaben, aber auch Lasten, die ich zu tragen habe, berichten.

#FroheOstern2020

… auch wenn ich ehrlich gesagt nicht ganz verstehe, was an dem heutigen Tag so toll sein soll. Ich suche schon seit Stunden diesen Hasen und träume schon mit offenen Augen davon an seinen Keulen zu knabbern. Aber überall finde ich nur Schokolade. Wollen sie mich etwa vergiften und als falschen Hasen servieren?

#Ostermontag

Ich mag Ostermontage. Aufgrund des vielen Essens der letzten Tage sind alle etwas gemütlicher und der Tag ist wahnsinnig entspannt. Es ist erst Vormittag und ich mache schon mein zweites Mittagsschläfchen.

Trotzdem wird auch an Ostern nicht an Gleichberechtigung gedacht: Meine Essensrationierung hat leider noch nicht aufgehört… Ich befürchte, sie heben mein Essen auf, um es selbst essen zu können. Es wäre schön, wenn man diesen Gedanken als Verschwörungstheorie abtun könnte, aber es spricht leider zu viel dafür.

#Prüfungsstress

Die Dosenöffnerin war die letzten Tage im Prüfungsfieber. Und wenn sie nicht gefühlt rund um die Uhr vor ihrem Laptop saß und schlief – keine Ahnung, was es ihr für die Prüfung bringt, dort den ganzen Tag zu schlafen –, war sie schnell genervt.

Scheinbar ist die Prüfung gut gelaufen, seit gestern ist sie wie ausgewechselt. Woran ich das merke? Sie schaut mich nicht mehr böse an, wenn ich sie zum x-ten Mal schimpfend darauf aufmerksam mache, dass meine Diät unberechtigt ist und ich Angst habe, sämtliche Reserven aufgebraucht zu haben, wenn ich eines Tages #CoronaDuHund begegne. Wieso sie wegen dieser einmaligen Prüfung so gestresst ist, verstehe ich nicht: Das ist ein einmaliges Ereignis, während mein Hunger etwas ist, das mich permanent begleitet. Wenn also hier jemand gestresst sein sollte, dann wohl ich.

Als eher negativ empfinde ich es jedoch, dass sie wieder im Schlafzimmer schläft. Davor hatte sie sich, um ihre Ruhe zu haben, auf eine Matratze ins Büro zurückgezogen, auf der ich tagsüber gut schlafen konnte und auch meine Ruhe genoss. Und jetzt nimmt sie nachts ohne mich überhaupt um Erlaubnis zu fragen wieder mein Bett ein. Es fragt niemand, ob das nicht etwa meinen Schlaf stören könnte. Wenn man den ganzen Tag vor dem PC schläft und das auch noch als ‚Homeoffice' betitelt, ist die eigene Welt so beschränkt, dass man gar nicht mitbekommt, welche Bedürfnisse oder gar geniale Gedanken der Hausherr hat.

Ich gehe jetzt erst einmal wieder auf Tour und mache einen Haufen in den Nachbarsgarten. Einer muss sich ja um das Düngen der Blumen kümmern. #CoronaDuHund ist kein

Grund, wieso ich die Gartenarbeit vernachlässigen sollte. Da müssen die Dosenöffner noch einiges lernen…

#Eifersucht

Seit dem Wochenende bin ich ziemlich beschäftigt. Momentan kann ich meine Gefühle kaum in Worte fassen. Das ist alles ziemlich verwirrend. Stellt euch vor: Sie haben einen Kater neben mir!

Nachdem ich am Samstagmorgen von meiner Nachtschicht, in der ich das Haus die ganze Nacht lang beschützte und mein Leben riskierte, zum Frühstück zurückgekommen war, vernahm ich, dass neben dieser seltsamen, langhaarigen Perserkatze und mir, noch ein weiterer Kater hier verkehrt. Woher ich das weiß? Sie versuchten es nicht einmal geheim zu halten oder herunterzuspielen. Die Dosenöffnerin erzählte beim Frühstück ganz dreist, als ich neben ihr stand und mit meinen sensiblen Ohren alles hören konnte, dass sie mit einem ‚dicken Kater' aufgewacht wäre.

Ich kann es nicht fassen und es macht mich wirklich sprachlos. Deshalb suche ich diesen Dicken schon die ganze Zeit, finde ihn aber ärgerlicherweise nicht. Nicht einmal riechen kann ich ihn. Das liegt wahrscheinlich daran, dass der Duft meiner Katzenmitbewohnerin den Geruch des Eindringlings verdrängt. Ich habe die letzten Tage kaum geschlafen und in jeder Ecke gesucht. Aber er kennt scheinbar schon die besten Verstecke in diesem Haus und zeigt sich nicht. Oder ist er ein Feigling?

Zudem bin ich empört darüber, dass er scheinbar nicht auf Diät gesetzt wird und Winterpolster haben darf. Ich leide hier schon seit Monaten Hunger und versuche mir ab und an selbst einen Vogel zu fangen. Trotzdem gehe ich meinen Verpflichtungen nach und schaue, dass hier alles in normalen Bahnen verläuft. Obwohl das unter den aktuell schwierigen Bedingungen mit #CoronaDuHund nicht einfach ist. Wie wird mir das gedankt? Mit Fremdgehen!

Ich hoffe wirklich, diesen dicken Kater bald zu finden. Dann prügle ich ihn windelweich. Hier gibt es nur einen Kater: Nur mich! Merkt euch das!

#beunruhigt #Staatsexamenbestanden

Der Kater ist immer noch nicht aufgetaucht. Aber ich bin erneut beunruhigt und zwar um das mentale Wohl meiner Dosenöffnerin. Sie schlief seit Wochen immer vorm PC, weil sie aktuell immer wieder Prüfungen hat, kein sinnvolles Verhalten, aber ich kann es zumindest nachvollziehen. Seit gestern Mittag ist jedoch alles anders. Gut gelaunt kam sie in die Wohnung, riss sich sogar die Maske vom Gesicht und tanzte mit der kleinen Dosenöffnerin bei viel zu lauter Musik durch den Raum. Dieses wirklich schnell wachsende Kind, nimmt hier seit neustem übrigens eine wichtige Position ein, da sie mir endlich auch Futter zubereitet. Sie braucht bloß immer so lange und schreit dabei immer ganz laut „Ich mache das!" Und dann muss ich das Futter aus meinem Napf aus ihrem Schoß essen, was mich nervt und mir wichtige Zeit zum Essen, Schlafen und Putzen raubt…. Aber zurück zum Thema.

Sie tranken dann diese seltsame Flüssigkeit, die sie Sekt nennen, welche so unappetitlich riecht, und nach dem Trinken rochen sie auch seltsam. Den Rest des Abends war sie mit dem Dosenöffner sehr komisch drauf. Und jetzt sitzt sie nicht mehr vor dem PC, sondern rennt durch die Wohnung und fegt

überall meine Haare weg. Das ist gar nicht gut, da die Perserdame, die immer in und vor mein Katzenklo kackt, sich nun
auf meine Plätze setzt und dort ihre eigenen Haare hinterlässt,
als wäre das ihr Revier.

Irgendwie war es entspannter, als sie noch vor ihrem PC geschlafen hatte… Keine Ahnung, was mit ihr passiert ist… Ich
hoffe, es hat nicht schon wieder etwas mit #CoronaDuHund
zu tun! Und ein bisschen habe ich Angst, wenn sie nun nicht
mehr arbeitet, dass ich bald neben dem Bewachen des Hauses
auch noch mein eigenes Essen jagen muss…

#Teddy

Habe ich eigentlich berichtet, dass das Leben mit der kleinen Dosenöffnerin manchmal ziemlich nervig ist? Auch an die
großen muss man sich gewöhnen, aber die kleine kann echt
anstrengend sein! Was passiert ist? Es passiert eigentlich dauernd etwas. Aber heute war es der Tropfen, der den Futternapf
zum Überlaufen brachte…

Abgesehen davon, dass sie öfter meinen Platz im Bett ein-
nimmt und ich nun generell an den Füßen schlafen muss, sie
beim Streicheln etwas grob ist und, wenn mir dann die Pfote
ausrutscht, alle – wieso auch immer – mich ausschimpfen, hat
sie noch diese Teddys. Das sind keine netten Stofftiere!

Sie glaubt tatsächlich, sie wären lebendig, dabei würde
selbst ein frisch geborenes Kätzchen sofort merken, dass das
nur Stoff ist. Diese menschlichen Wesen sind schon von Geburt
an keine Intelligenzbestien.

Auf jeden Fall setzte sie heute diese vier Teddys nebenein-
ander auf den Boden vor meinen Futternapf und tat so, als
würden sie etwas fressen. Erst einmal war ich erschrocken,

weil ich nicht sehen konnte, ob dort wirklich Futter war – die Chance ist sehr gering, aber Kater kann ja noch an Wunder glauben – und mir nicht sicher war, ob sie gerade meine frische Portion futterten.

Ich wollte also möglichst schnell an meinen Futternapf und mich durch die Teddys durchschlängeln, da schrie sie mich an: „Teddy, Teddy, aua, aua!" Ich bin ziemlich erschrocken aufgrund der Lautstärke und habe kurz Abstand genommen. Dann musste ich aber dringend zum Futternapf und versuchte mich erneut an den Teddys vorbeizudrängeln. Sie schrie erneut. Und da kam die Dosenöffnerin, ohne dass ich überhaupt in den Futternapf schauen konnte, und nahm ihn weg... Was zur Hölle!

Jetzt zerbreche ich mir schon den ganzen Tag den Kopf, ob es Futter dort gab und ob die Teddys es tatsächlich gegessen haben, bevor ich das konnte.

#Katzenwissenesbesser

Kennt ihr das, wenn euch alle so verwirrt anstarren? Wenn ihr dieses dringende Bedürfnis habt, nachdem ihr den ganzen Tag geschlafen und euch ab und an etwas geputzt habt, ganz unerwartet einfach von einer Seite des Raums auf die andere zu springen. Richtig Druck abzulassen, indem ihr Euch innerhalb weniger Minuten völlig auspowert. Dann springt man schon einmal total energetisiert vom Boden auf den Tisch und dann auf den Schrank, um blitzschnell in den nächsten Raum zu düsen. Fängt einen Staubfussel, als wäre er eine Maus, die man unbedingt jetzt sofort töten muss! Dabei macht es auch nichts aus, wenn man ausversehen gegen die Tür rennt. Nein, das macht die Verfolgungsjagd sogar spannender.

Und genauso plötzlich merkt ihr wieder diese übliche Träg-heit, legt euch spontan auf den Boden und schlaft einfach an Ort und Stelle ein. So alle paar Tage passiert mir das. Das sind immer super intensive und spannende Momente, in denen ich merke, dass ich noch richtig Vollgas geben kann.

Menschen sind komisch! Sie machen das nicht, achten nicht auf ihre Bedürfnisse, sondern unterdrücken sie stattdessen. Sie sind immer gleich träge, ohne große Stimmungsunterschiede. Wobei das stimmt nicht ganz. Die kleine Dosenöffnerin springt oft plötzlich wild herum und macht verrückte Sachen. Das ani-miert manchmal die großen Dosenöffner, sich etwas gehen zu lassen. Bevor sie hier war, haben sie das nicht gemacht… Dabei sollten sie sich viel mehr ein Beispiel an Kindern oder uns Kat-zen nehmen… Wir wissen es einfach besser!

Verrückte und intensive Momente machen das Leben span-nender! Selbst die alte Perserdame bei uns im Haus hat solche Momente. Obwohl sie sich immer für etwas Besseres hält, aber dafür nicht wie ich auf der Straße herumstreunen darf, was ihr Leben langweilig macht. Sie starrt immer nur aus dem Fenster und verdaut in Gedanken – zumindest lässt ihr Speichelfluss darauf schließen – die Vögel vor dem Fenster. Ihr seht, sonst haben wir eher keine Gemeinsamkeiten, aber diese verrückten Momente hat sie trotz ihres hohen Alters von 14 Jahren auch. Obwohl ich permanent um mein Überleben kämpfen muss aufgrund dieser blöden Diät, bevorzuge ich es ein Kater zu sein und wollte niemals mit diesen Dosenöffnern tauschen. Nehmt euch ein Beispiel an uns und macht etwas Verrücktes!

#Katersorgen #throwback

Die letzten Tage war ich ein bisschen nachdenklich. Ich erinnere mich nur ungern zurück, wie holprig mein Start in diesem Haus war. Als spanischer Straßenkater ist das Leben nicht leicht, davon können auch andere Katzen viel miauen.

Am Anfang, als ich in dieses Haus zog, musste ich mich in meinem neuen Revier behaupten. Das war nicht einfach, auch wenn ich mich am Ende durchsetzte! Manchmal waren die Schlägereien mit den Nachbarskatzen so schlimm, dass ich abends nach Hause kam und anfing zu fiebern. Einmal hatte ich so starre Gelenke von der erhöhten Temperatur, dass ich mich nicht einmal hinlegen konnte.

Meine Dosenöffner kannten mich damals noch nicht lange, aber ich merkte sehr schnell, dass sie alles dafür taten, dass es mir besser ging. Obwohl meine Dosenöffnerin hochschwanger war und mit den Gedanken bestimmt häufig wo anders, stand sie nachts alle paar Stunden auf, um nach mir in meinem Körbchen zu schauen und mich ein paar Mal zu streicheln. Manchmal legte sie sich nachts zum Schlafen neben mich auf die kleine Matratze auf dem Boden, obwohl sie selbst ohne Bauch kaum darauf passte, kurz vor der Entbindung noch weniger.

Sie fuhren mit mir zu jeder Tages- und Nachtzeit von Arzt zu Notarzt zu Tierklinik, auch wenn ich protestierte und mich mit letzter Kraft aufbäumte, um unter keinen Umständen von diesen Menschen angefasst zu werden. Ich muss zugeben, ich habe mit ihnen leider keine guten Erfahrungen in meiner Vergangenheit gemacht und das Tierheim in Spanien wie auch der Transport nach Deutschland sind furchtbare Erinnerungen, die ich nur allzu gerne vergessen möchte.

Zudem musste ich nach meiner Ankunft in Deutschland einige Male meine Dosenöffner wechseln, bevor ich zu meinen jetzigen kam, bei denen ich nun fast drei Jahre lebe. Das alles hat es nicht einfacher gemacht, Vertrauen zu fassen. Es machte es nicht besser, dass ich häufig merkte, dass es auch für meine Dosenöffner nicht so leicht war, mich in ihr Leben zu lassen, da war noch ein anderer schwarzer Kater, auf der anderen Seite des Regenbogens, den sie sehr vermissten. Trotzdem hat uns diese Zeit zusammengeschweißt und auch wenn ich es meistens nicht zeige, glaube ich doch, dass sie in kleinen Gesten erkennen, wie wichtig sie mir sind. In dieser schwierigen Zeit nannte sie mich übrigens immer liebevoll ihren Sorgenkater.

Letzte Woche hatte ich nun eine Sorgen-Dosenöffnerin und das erinnerte mich natürlich an die Zeit zurück, in der meine Familie sich so intensiv um mich kümmerte, in der ich ihr Sorgenkater war. Es ging ihr nicht gut. Sie war traurig, nicht so fit wie sonst und lag viel. Ich bin kein Kater der großen Miaus, sondern bevorzuge es zu handeln! Da half nur eines: Ich sagte alle meine außerhäuslichen Treffen ab, stellte das Mäusefangen für vier Tage ein und verkroch mich mit ihr im Bett. Hoffend, dass die Mäuse in den nächsten Tagen nicht die Herrschaft über den Garten übernähmen. Da ich sonst aber ein hervorragender Jäger bin und meine Arbeit gewissenhaft erledige, wage ich das zu bezweifeln, die Tage danach werden maximal ein wenig stressiger, aber dadurch auch spannender.

Nachts legte ich mich in den Arm der Dosenöffnerin, wie sie sich damals neben mein Körbchen auf den Boden oder auf die zu kleine Matratze gelegt hatte. Und schnurrte so laut, um ihr schlechtes Befinden zu verbessern und meine Trauer, weil es ihr nicht gut ging, wegzuzaubern. Diese Menschen, wenn es ihnen nicht gut geht, dann sehen sie so elend aus, dass man automatisch mit ihnen leidet.

Ich rieb meinen Kopf – so fest ich konnte – an ihrem und verteilte dabei immer wieder nasse, harte, aber liebevolle

Kopfnüsse. Und manchmal putze ich mich und tat so als hätte ich es nicht gemerkt, dass ich auch ihren Arm ableckte, um ihr Trost zu spenden – harte Schale weicher Kern. Sie soll ja nicht glauben, dass ich ein ‚Softcaty' bin. Meinen Ruf als harten Kater habe ich mir lange erarbeitet…

Auch wenn ich es ihnen selten zeige, meine ganze Dosenöffner-Familie – und ja, selbst die Perserdame, an welche ich mich lange gewöhnen musste und immer noch muss, denn bis heute nervt mich ihr Protestpinkeln vor der Toilette! – sind das Wichtigste für mich. Ich liebe sie aus ganzem Katerherz und werde immer alles erdenkliche für sie tun, damit es ihnen besser geht.

Katerehrenwort!

#Unverständnis

Es ist schon wieder passiert, dieses furchtbare Ereignis! Etwas Abartigeres habe ich in meinem Leben noch nicht erlebt! Und ich bin ein Straßenkater und habe schon einiges gesehen! Sie machen es einmal pro Woche. Die kleine Dosenöffnerin freut sich vorher schon riesig darauf, während ich mich immer frage, wie man sich über so etwas freuen kann? Ich stelle mir die Frage, ob es in ihren dicken Büchern keinen Paragrafen beispielsweise im Dosenöffner-Schutzgesetz gibt, der solche Handlungen unterbindet. Wenn das keine Körperverletzung ist, dann weiß ich auch nicht… In dem Moment, in dem sie diese große, weiße Wanne herausholen, läuft mir ein Schauer über den Rücken und ich frage mich: „Was sind das für furchtbare Eltern?" Ich würde meinen Katzenbabys niemals so etwas antun. Abgesehen davon, dass sie klüger wären und sofort weggerannt wären, wenn sie nur diesen Behälter sähen und nicht wie irre lachen würden.

Auf jeden Fall rufen sie dann nach der kleinen Dosenöffnerin und diese rennt schnell und wie immer viel zu laut zu ihnen. Sie machen als nächstes so ekelhaft riechende Flüssigkeiten in diesen Behälter und lassen Wasser hineinlaufen. Danach zieht die Kleine aufgeregt ihr Fell, Kleidung oder wie auch immer das heißt, aus und setzt sich erfreut – ist sie des Wahnsinns? Lebensmüde? – in diesen Behälter und alle stellen glücklich fest: „Es ist Badesonntag!" Wenn ich dieses sogenannte ‚Badewanne' schon sehe, bevorzuge ich es einen Spaziergang zu machen, ich ertrage schon den bloßen Anblick nicht.

Pfui, widerlich seid ihr, euch in stinkendes Wasser zu setzen, benutzt doch eure Zungen, statt euch in Wasser zu setzen oder sogar unter Wasser zu stellen! Ja, letzteres machen die großen Dosenöffner, aber das ist eine andere, nicht viel bessere Geschichte…

#Gefahr #Sommernächte

Manchmal sind diese menschlichen Wesen ziemlich lebensunfähig oder gar lebensmüde. So genau kann ich das gar nicht definieren.

Gestern saßen wir gemütlich auf dem Balkon und genossen nach einigen regnerischen Tagen das tolle Wetter im Schatten. Bis tief in die Nacht macht es Spaß hier draußen zu liegen. Auf dem Balkon ist es bei heißen Temperaturen angenehmer als drinnen, vor allem da diese Menschen am Tag immer alle Fenster zu machen, Rollläden hinunterlassen und kein

bisschen Wind in den Zimmern weht. Seltsames Verhalten…
Aber bei denen schockt mich nichts mehr.

Auf jeden Fall saß ich neben ihnen auf dieser tollen Matratze, die ich schon so gut mit meinen Haaren markiert habe. Da fuchtelt er plötzlich mit so einer kleinen Kiste herum. Ich war interessiert, bewegte mich aber glücklicherweise nicht gleich zu ihm, da mich das Wetter echt träge macht. Auf einmal war da eine helle, heiße und zuckende Flamme ganz nah an der Hand des Dosenöffners und was machte der? Gar nichts! Könnt ihr euch das vorstellen?

Ich bin schnell von der Sitzgelegenheit gehüpft und wäre die Balkontür nicht verschlossen gewesen, so wäre ich sofort in die Wohnung gerannt. Auf was für dumme Ideen die immer kommen. Statt diese Flamme wegzumachen, zündet er etwas Brennbares an und lässt es vor sich auf dem Tisch stehen. Und da sitzen die beiden ganz entspannt den ganzen Abend neben diesem gefährlichen Objekt. Aber Angst haben vor #Corona-DuHund, der mir und keinem der Nachbarskatzen bis dato über den Weg gelaufen ist. Trotzdem bin ich natürlich sehr vorsichtig. Wo Rauch ist, ist bekanntlich auch Feuer.

#Urlaub #nichtfürmich #schlimmsteZeitdesJahres

Sie nennen es ein ‚Wellnesshotel für Katzen'. Was soll das bitte sein? Also die Frau hier ist nett, versucht mich immer zu streicheln und meistens nehme ich das auch an, da der Kummer so groß ist. Sie gibt mir Futter, aber leider bekomme ich auch nicht mehr als bei mir Zuhause. Und ich muss 24 Stunden, sieben Tage die Woche mit der Perserkatze verbringen. In einem Raum. Überall sind ihre Haare. Permanent riecht sie an meinem Hintern. Und wenn sie mich aus dem Zimmer lassen, um an den anderen eingesperrten Katzen vorbeilaufen und mich umschauen zu können, verfolgt sie mich wie ein hässlicher Schatten. Das ist wirklich nicht angenehm. Nähe mit ihr ist in Ordnung. Aber bitte nur einmal im Monat, wann und wo ich das möchte. Ihr permanentes Schnarchen stört meinen Schönheitsschlaf, ununterbrochen. Ich wusste nicht, dass jemand einen so sehr nerven kann!

Der Auslauf lässt hier zu wünschen übrig und ich möchte mir gar nicht vorstellen, wie viel Arbeit auf mich kommt, wenn ich zurückkomme und alle Nachbarskatzen es sich in meinem Garten bequem gemacht haben. Schon beim bloßen Gedanken bekomme ich ein Catout oder Burnout, wie immer das heißt.

Urlaub scheint ein Synonym für ‚Hölle' zu sein. Ich frage mich, ob es den Dosenöffnern genauso geht und warum sie uns allen so etwas antun.

Ich habe furchtbares Heimweh. Das werde ich den Dosenöffnern nicht verzeihen. Wirklich! Katzen vergessen nicht. Meine Rache wird fürchterlich.

#nichtendenwollenderAlbtraum

Was soll ich berichten? Es wird nicht besser! Sie sind immer noch nicht zurück… Vielleicht ist das kein ‚Urlaub' und sie wollten mich in Wirklichkeit nur loswerden. Bedeutet ‚Urlaub' bei den Dosenöffnern: Ich lasse dich irgendwo und komme nicht mehr zurück? So wird es einem also gedankt, dass man sich Tag und Nacht um das Haus und den Garten gekümmert hat? Manchmal bin ich fast froh, dass ich nicht alleine bin, und die Perserdame noch bei mir ist… Auch wenn ihr ständiges Schnarchen und das An-meinem-Hintern-Riechen mich fast in den Wahnsinn treiben. Ihr seht, wie verzweifelt ich bin.

Und diese Frau hier: Sie versucht mich oft aufzuheitern, indem sie mich streichelt. Sie ist stets bemüht, doch es ist nicht das gleich! Und gleichzeitig macht sie auch ständig Fotos von mir und erzählt, sie mache das nur, damit meine Dosenöffner sehen, wie gut es mir gehe und wie glücklich ich hier sei. Glücklich? Sie hat wohl noch nie in ihrem Leben einen glücklichen Kater gesehen!

Ich bin hier am Ausrasten und habe furchtbares Heimweh. Auch wenn ich sauer auf die Dosenöffner bin, hoffe ich doch, dass sie ganz bald zurückkommen und mich hier abholen, damit dieser Albtraum endlich ein Ende findet. Und oh Gott, wenn ich nach Hause komme, dann werden die Mäuse auf den Tischen tanzen… Bis ich dort wieder Ordnung geschafft habe, das wird Tage oder Wochen dauern! Ihr Urlaub bedeutet für mich, Wochen voller Stress und permanenter Arbeit! Das ist so egoistisch von ihnen!

Wie können sie mir das nur antun? Es fühlt sich wie eine Ewigkeit an, dass sie weg sind… Und wieso brauchen sie überhaupt ‚Urlaub'? Sie schlafen sowieso den ganzen Tag vor diesen so genannten Laptops und nennen es ‚Homeoffice', was auch immer das bedeuten soll. Wenn hier jemand eine Pause bräuchte dann ich. Aber ich bin ein Work-Cat-Aholic und brauche keine Pause von den Mäusen.

#Racheistsüß #ichwünschteichhätteBlutwurst

Gott sei Dank, ich habe es nicht für möglich gehalten, aber ich bin endlich Zuhause. Ich wollte lange böse auf die Dosenöffner sein, aber nachts siegte mein Kuschelbedürfnis und ich kroch unter die Decke. Ein Glück bekommen die Nachbarkatzen solche Dinge nicht mit, sonst wäre es mit Sicherheit noch schwerer – als sowieso schon – mein Revier nach so langer Zeit zurück zu erkämpfen. „Harte Schale weicher Kern", sagen sie immer und haben nicht Unrecht, auch wenn ich es nicht gerne höre!

Bei der Perserkatze ist es jedoch anders. Sie wirkt immer so flauschig und nett. Vielleicht habe ich sie immer falsch eingeschätzt... Oder ist das nur ihre geschickte Tarnung? Sie hat den Dosenöffnern nicht so schnell verziehen. Nun verstehe ich endlich den Ratschlag meiner Nachbarskatzen „Verkack es Dir niemals mit einer Perser" – im wahrsten Sinne des Wortes – und feiere die ‚Dame' zugleich. Während ich immer noch im Arm meiner Dosenöffnerin liege und so froh bin, dass sie wieder da ist, hat meine Mitbewohnerin ihnen nicht verzogen.

Was ist also passiert? Sie hat heute Nacht, ohne mit der Wimper zu zucken, in den Flur gekackt. Ja, sie weiß auf jeden Fall, wie man ein Statement ablegt und dem Personal zeigt, dass sie uns so nicht behandeln dürfen. Die Dosenöffner fanden das nicht so lustig. Und er wischte es genervt mit viel Essigreiniger weg, um ja alle Duftspuren zu beseitigen. Aber das gelingt euch nicht! Eine gute Nase riecht das auch durch den Essigreiniger und so wie ich sie kenne, wird sie das jetzt regelmäßig machen. So erzieht sie ihre Diener. Einer muss hier ja hart durchgreifen!

#Stress und #Glück zugleich

Es ist seit meiner Rückkehr, wie ich vermutet habe, alles ziemlich stressig. Dies hat dazu geführt, dass meine Schönheit unter dieser Belastung leidet und ich viele Stressschuppen habe. Wieder einmal hat keiner Zeit, mir diese herauszukämen. Was man hier nicht selbst macht, wird nicht getan...

Zudem ist es nicht einfach das verlorene Revier zurückzuerobern, wenn man immer noch furchtbar nach Perserkatze riecht. Da wir zwei Wochen lange viel zu nahe aufeinander gewohnt haben, kann ich ihre Nähe auf der Straße nicht leugnen.

Eine positive Entwicklung hingegen ist, dass ich mich langsam mit der kleinen Dosenöffnerin verbünde. Nun ja, so klein ist sie nicht mehr… Sie ist schon deutlich größer als ich, diese kleinen Menschenwesen wachsen wirklich schnell. Als ich mit großen Verletzungen nach Hause kam, spendete sie mir Trost. Pustete meine Verletzungen weg, machte „Ai" – wie sie es immer nennt – und wollte Creme auf meine Wunden schmieren, was jedoch zu viel des Guten war. Da nahm ich ein Glück noch rechtzeitig Reißaus.

Dieses kleine Mädchen wird eines Tages eine richtige Katzenflüsterin! Als ich ihr meinen Kummer über meinen leeren Magen klagte, kam sie und sagte „Carlo Hunger!". Dann lief sie zu meiner Futterschublade und leerte mir alles Trockenfutter aus der großen Dose in meinen Futternapf und schrie ganz glücklich „alle", als die Dose sich ganz auf dem Boden und im Napf befand. Ich war im siebten Katzenhimmel und hatte alle meine Wunden sofort vergessen! Nach so langer Zeit hat endlich jemand meine Bedürfnisse erkannt.

Na ja, es sollte nicht lange dauern. Leider ist die große Dosenöffnerin sehr hellhörig. Nur wenig später kam sie empört hereingerannt und rief nur: „Carlo, das kannst Du nicht alles fressen!" und nahm es mir einfach weg. Ich hatte ein Glück genug zu mir genommen, denn das Abendessen war dann auch gestrichen. Wie unfair! Dabei mache ich so viel für dieses Haus und halte alle Eindringlinge fern. Keiner weiß das zu schätzen. Obwohl, das stimmt nicht! Die kleine Dosenöffnerin ist auf meiner Seite und eines Tages ist sie groß und wir werden zusammen die Welt beherrschen! Ein bisschen bin ich schon in sie verliebt und wünschte mir, Kinder würden die Welt bestimmten und nicht die großen Dosenöffner, dann wäre sie so viel schöner!

#Herbsttage #Winterkommt #schöneMomente

Mir fällt auf, dass ich manchmal dazu neige, dem Katzenjammer zu verfallen. Bei dem schlechten Wetter und der Novemberkälte, wenn man bei jedem Toilettengang im Garten kalte und nasse Pfoten bekommt, ist das auch kein Wunder. Ab und an benutze ich sogar die Toilette der Perserkatze, um nicht nach draußen zu müssen. Ich mache es nicht gerne, aber ich bin in den Straßen Südspaniens aufgewachsen, da wird es nie so ungemütlich kalt draußen.

Aber zurück zu den schönen Berichten: Am Wochenende hatten wir wieder einen wunderschönen Moment in diesem Haus. Es war ein Dinner, extra für mich angerichtet. Oh großer Kater im Himmel, ich liebe das! Ungefähr alle zwei Monate – viel zu selten meiner Meinung nach – kaufen sie im Supermarkt einige große Packungen Rinder-Minutensteaks für mich ein, portionieren sie Zuhause und frieren sie ein.

Die Dosenöffnerin erzählt dann immer vom Dosenöffner-Opa, welch schöne Erinnerungen. Ich lernte ihn nur kurz kennen, als er nicht mehr so fit war und von Krankheit gezeichnet – obwohl er noch gar nicht so alt war. Bald danach verließ er uns über die Regenbogenbrücke und ist nun bei all den anderen schwarzen Katern, die er immer gut gepflegt hatte. Seitdem hat die Perserkatze seine Wohnung übernommen und markiert sie fleißig. Aber er muss ein toller Mensch gewesen sein, denn die große Dosenöffnerin erzählt noch heute viel von ihm. Er schnitt bereits für alle meine Vorgänger auf diese Art Fleisch und etablierte das Fleischzeit-Ritual in diesem Haus.

Auch wenn er nicht mehr hier ist, bin ich ihm sehr dankbar für diese gute Tat.

Ich bin in diesen Momenten, in denen das ganze Haus nach frischem Fleisch duftet, immer so aufgeregt, dass ich am liebsten auf den Tisch springen möchte. Aber dann kommt immer die kleine Dosenöffnerin und schreit: „Nein, nein, nein!" und ich springe wieder hinunter und streiche der Dosenöffnerin weiter um die Beine. Die Aufregung und die Vorfreude sind groß, aber der Moment des schlingenden Genießens dann leider recht begrenzt.

Trotzdem fühle ich mich dabei immer besonders, da ich von den anderen Straßenkatzen weiß, dass nicht alle so leckere Kost bekommen. Ich versuche natürlich noch ein weiteres Päckchen zu ergattern, aber sie bleiben hart… Trotzdem steigt die Vorfreude und meine Ohren achten nun täglich wieder gespannt, ob ich das Rascheln der wunderbaren Plastiktüte erlausche. Wenn sie dieses Geräusch machen, kann es nur ein guter Tag werden.

#Kinderzimmer vs. #Katerzimmer

Das Kinderzimmer, welches zuvor ein Gästezimmer war und deswegen meistens verschlossen, nimmt immer mehr Form an. Keine Ahnung, wieso sie es so nennen. Ja, das Kind spielt da tagsüber drinnen. Aber die meiste Zeit verbringen die Perserkatze und ich dort. Da ist ein großes Bett, ein kleines Bett für die Dosenöffnerin soll noch gekauft werden, und das ist sehr gemütlich. Frau Perserdame und ich versuchen abwechselnd, möglichst viel Haare darauf zu hinterlassen, um es unser Eigen zu nennen.

Es ist schön, dass es nur für uns ist. Die anderen Möbel in der Wohnung gehören uns zwar auch alle, aber es ist doch blöd, dass einen ab und an die Dosenöffner wegschubsen und diese selbst benutzen wollen. In so Momenten – wenn man sein eigenes Bett bekommt – merkt man, dass man von den Dosenöffnern geschätzt wird und sie wahrhaftig zu glauben scheinen, dass Kater auf einer Höhe mit ihnen stände. Na ja, ich muss sie nicht täglich spüren lassen, dass sie meine Haussklaven sind. Wenn sie der Glaube der angeblichen Gleichheit glücklich macht, dann ist das gut für unsere Hausgemeinschaft und sie achten noch etwas mehr auf meine regelmäßige Futterzufuhr.

Meine größte Begeisterung erregt seit neustem jedoch das bunte Tipi im Katzenzimmer, da liegt ein großes, gemütliches Kissen drinnen und ich kann unter der Bank, die davorsteht, durchschauen. Dabei sehe ich, was im Flur passiert, ohne selbst gesehen zu werden. Ein Traum für jeden Beobachterkater.

Manchmal versteht bloß die kleine Dosenöffnerin nicht, dass sie sich in meinem Zimmer befindet und schimpft laut „Nein, nein, nein, Kater!", wenn ich auf der Bank sitze und wirft schnell diese ganzen seltsamen Holzstücke weit weg. Diese benutzt sie, um bunte Linien auf Blättern oder manchmal auch Möbelstücken zu hinterlassen – Buntstifte nennen sie diese Dinger. Das Ziel bei dieser Aktion ist, dass ich sie nicht benutzen kann. Als ob ich mich mit etwas derartig Niveaulosen beschäftigen würde…

#seltsamerBesuch

Ihr wisst ja, dass ich mit der Perserdame zusammenwohne. Ab und an trauen sich auch andere Katzen aus der Nachbarschaft, unseren Garten zu durchqueren. Meistens bereuen sie das nach der Hälfte der Strecke wieder, weil ich ihnen einen Tracht Prügel verpasse. Aber scheinbar ist die Neugierde zu groß und sie spazieren ganz ungewollt und lebensmüde ab und an doch einmal in meinen tollen Garten.

Vor Kurzem war das jedoch anders. Wir trafen uns am Wochenende im Garten, als die Sonne schön schien. Aufgrund von #CoronaDuHund war ich natürlich auch da und habe zu Beginn jede Ecke nach ihm abgesucht. Wieso sich die Dosenöffner gerade in dieser Situation draußen treffen, obwohl er dort sein Unwesen treibt, wird mir ein Rätsel bleiben. Manchmal sind sie nicht so helle… Auf jeden Fall hatte die Besucherin einen Hund dabei – nicht #CoronaDuHund, dafür war er viel zu klein. Hunde kenne ich schon aus meiner vorherigen Heimat. Bevor ich hierherzog, lebte ich mit einer alten Dame und zwei kleinen Hunden zusammen, die mich täglich deutlich weniger als die Perserkatze belästigten. Sie fraßen ihr eigenes Futter und rochen nicht immer an meinem Hintern. Mancher Hund ist also gar nicht so verkehrt. Aber ich möchte das hier auch nicht generalisieren.

Dieser Besucher - oder sollte man ihn lieber einen Gefangenen nennen? – war mir deutlich unterlegen, da er gefesselt war – Leine nennen sie so etwas –, weshalb ich ihn mir genauer aus allen möglichen Winkeln anschaute und ihm meine Macht demonstrierte, indem ich immer wieder näher zu ihm ging und mich danach wieder von ihm entfernte, ohne dass er etwas dagegen unternehmen konnte.

Um ihm endgültig zu zeigen, wer hier der Boss ist, näherte ich mich immer mehr an und sprang bei seiner Dosenöffnerin auf den Schoß. Mein Garten, mein Schoß! Überraschenderweise versuchte sie mich krampfhaft herunterzubekommen und erzählte etwas von ‚Eifersucht'. Ich verstand währenddessen gar nicht, warum sie sich nicht freute, mich streicheln zu dürfen. Wer will einen stinkenden Hund streicheln oder auf dem Schoß haben, wenn er einen tollen, schwarzen Kater mit seidigem Fell haben darf? Seltsame Wesen, diese Dosenöffner.

#Doppelmoral

Also manche Handlungen dieser Dosenöffner verstehe ich nicht. Diese menschlichen Wesen sind so undurchsichtig und unlogisch. Und irgendwie habe ich immer das Pech, das alle Regeln mich benachteiligen. Typischer Fall von Katerdiskriminierung. Das ist wohl die Last, die man als Hausherr auf seinen Schultern tragen muss. Armer, schwarzer Kater!

Also nicht nur, dass der Perserkatze zu jeder Tages- und Nachtzeit Futter hingestellt wird, wenn sie darum bittet. Ich werde auch noch böse angeschaut, wenn ich in die Küche komme und hoffe, dass auch etwas für meinen leeren Magen dabei sein könnte und es heißt: „Nein, nein, nein! Lass der Perserdame" – ‚Dame', das ist ich nicht lache! – „ihr Futter!"

Sondern auch der kleinen Dosenöffnerin gegenüber sind sie viel netter. Wenn diese ihren Teller leer isst, dann wird sie gelobt, wie toll sie das gemacht habe und wie groß sie sei und, und, und. Ich ertrage diese ganzen Lobeshymnen nicht mehr! Letzt fraß ich mein Futter und gleichzeitig auch das Futter der Perserkatze, da bekam ich nur ein böses „Nein, nein, nein!" und dann leckte ich aufopferungsvoll auf der Küchenzeile die

Reste von den dreckigen Tellern ab, da sind sie förmlich ausgerastet und haben mich vor die Tür gesetzt, damit ich eine Runde spazieren gehe. Und dazu sagen sie auch immer, ich sei zu dick! Soll das mal jemand verstehen? Bei dem Kind ist es toll und bei mir Todsünde – wir sprechen hier vom gleichen Verhalten!

Und zum Thema zu dick: Der Tierarzt meinte vor Kurzem, nachdem er mir vier Impfungen verpasst und ich fast seine Praxis auseinandergenommen hatte, ich hätte jetzt mein Ausgangsgewicht wieder. Nur war damals Sommer und jetzt ist Winter!

Im Winter braucht man mehr Speck, um sich gegen andere Katzen auf der Straße durchzusetzen. Macht euch trotzdem keine Sorge, ich überlebe das, nicht gut, aber ich schaffe das! Man merkt aber, dass diese furchtbare Diät deutliche Spuren hinterlassen hat. Die Perserkatze hat übrigens zugenommen, darum scherrt sich natürlich niemand. Und dieser Tierarzt meinte noch, wir seien gewichtstechnisch auf einem guten Weg. Wieso wird man ein Freund und Helfer für Tiere, wenn man nur ihr Schlimmstes will? Das nächste Mal nehme ich seine Praxis wirklich auseinander.

#harterKater

Ich berichte häufig von meinem Leid mit den mich hungern lassenden Dosenöffnern. Dabei geht aber manchmal unter, dass ich ein ziemlich harter Kater und trotz dieser Ungehorsamkeit seitens der Dosenöffner der Boss in diesem Haus bin. Das möchte ich heute in aller Deutlichkeit erwähnen.

Dazu fällt mir nur ein Ereignis vor einigen Tagen ein. Nachts war ich auf Wanderung, um andere Katzen zu verprügeln oder Mäuse zu töten. Eines von beidem gelingt mir fast immer. Der Perserkatze habe ich einmal eine Maus mitgebracht – einmal und nie wieder! –, die hat mit ihr gespielt und ihr mit dümmlicher Miene zugeschaut. Dieses Verhalten kann ich nicht nachvollziehen und kann es nicht gutheißen.

Ich töte sie gerne. Meistens lege ich sie danach äußerlich unversehrt an einen schönen Fleck im Flur oder auch ins Kinderzimmer, je nachdem wie groß der Show-Effekt sein soll. Durch dieses Geschenk können die Dosenöffner sehen, wie sehr ich mich für sie ins Zeug lege.

Aber wenn manchmal der Hunger mit mir durchgeht, endet das alles auch einmal ungewollt in einem Massaker. So auch dieses Mal – so unversehrt war die Maus also nicht mehr. Danach legte ich mich – ja, ich bin ziemlich facettenreich – bei der Dosenöffnerin aufs Kissen und kuschelte mit ihr den Rest der Nacht: Harte Schale weicher Kern.

Am nächsten Morgen gab es dann die Bescherung, während ich noch friedlich in meinen Kissen schlummerte: Ach, hat sich der Dosenöffner gefreut, als er morgens mein Geschenk sah. Leider trat er barfuß auf die tote Maus, was ihren Anblick bestimmt nicht verschönerte und ihr noch ein letztes Quietschen entlockte. Ich bringe ihnen oft Geschenke mit nach Hause, weshalb ich diese außergewöhnlichen Freudenschreie seinerseits gar nicht nachvollziehen konnte. Sie wollen scheinbar noch mehr Mäuse und bekommen nicht genug davon: Das mache ich doch gerne. Heute Nacht bin ich wieder auf der Jagd!

#Lockdown #Weihnachten #HappyNewCatyear

Hallo ihr Lieben, endlich komme ich dazu, Euch wieder zu schreiben. Irgendwie war einiges los in letzter Zeit, obwohl ich aufgrund der unangenehmen Temperaturen kaum auf der Straße war. Die Dosenöffner sitzen auch Zuhause aber nicht aus Bequemlichkeit, sondern weil #CoronaDuHund wieder unterwegs sein soll.

Ich hoffe, Ihr hattet ein schönes Weihnachtsfest und seid gut und entspannt in das Jahr 2021 gekommen. Ich habe gehört, dass die Chef-Dosenöffnerin nun einen Impfplan hat, um Corona endgültig in die Flucht zu schlagen. Das klingt sinnvoll, das letzte Mal als sie mich vierfach impften, kam ich auch einige Zeit nicht unterm Bett heraus. Also könnte das Corona durchaus vertreiben.

Zurück zu den wichtigen Dingen im Katerleben: Weihnachten war entspannt. Auch wenn ich es seltsam finde, dass die Dosenöffner plötzlich einen Baum ins Wohnzimmer stellten, den man nicht anknabbern darf. Katzengras gibt es hier nicht, aber so einen sinnlosen Baum. Dafür habe ich kein Verständnis. Zudem schmückten sie ihn mit glänzenden Spielzeugen, die aber keiner anfassen durfte. Und dann holten sie plötzlich diese Gans heraus und rieben sie mit ekligen Dingen ein, die sie Gewürze nennen, ohne mich auch nur zu fragen, ob ich etwas davon abhaben möchte. Sie haben immer noch keinen Anstand.

Statt mein Betteln zu erhören, haben sie mich ins Schlafzimmer eingeschlossen, mit grummelnden Magen… Jeder hat Geschenke bekommen, nur ich natürlich nicht, trotz meines großen Einsatzes jeden Tag in dieser schwierigen Zeit. Die Perserkatze zeigte ihnen nach den Weihnachtsfeiertagen, dass das so nicht geht und kackte demonstrativ nur noch vor die Toilette und nicht mehr hinein. Wir haben häufiger einige Meinungsverschiedenheiten, aber ich mag es, wie sie ihre Meinung vertritt und deutlich macht, dass ihr etwas stinkt. Anders verstehen sie es scheinbar nicht.

Nach einem schönen Silvesterabend, an dem endlich nicht alle Dosenöffner versucht haben, ihre Wohnung selbst anzuzünden und so furchtbar Krach zu machen – vielleicht werden sie doch vernünftig – schaue ich optimistisch in das neue Jahr und hoffe, es geht euch ähnlich.

#NeuesJahr #tolleNeuigkeiten

Ich habe Euch lange nicht davon berichtet, da es schon einmal schiefging. Vor einiger Zeit hatte meine Dosenöffnerin anders gerochen und ich war in freudiger Erwartung. Aber plötzlich war es nicht mehr so und ich musste als Tröstekater herhalten. Nun riecht sie schon lange so frisch, der Bauch wird größer und ich kann endlich berichten, dass sie trächtig ist. Und ich freue mich so sehr!

Alle denken immer, dass ich nicht so der Familienkater bin. Aber auch wenn ich keine eigenen Babys habe, zumindest soweit ich weiß, bin ich doch ein großer Fan der kleinen Dosenöffnerin – besonders wenn sie mir morgens eine extra Portion Trockenfutter bereitstellt, während die Dosenöffner noch nichtsahnend im Bett liegen.

Bei der ersten Schwangerschaft saß ich von Anfang an bis zum Wurf auf dem Bauch der Dosenöffnerin und das mache ich aktuell auch. So bin ich ihr und dem Baby näher und bekomme gleich mit, was da im Bauch vor sich geht. Schon dort haben die kleine Dosenöffnerin und ich unsere

Mittagsschläfchen nebeneinandergehalten und das tun wir auch heute noch, bloß auf dem Bett.

Trotzdem habe ich ein wenig Angst, da es nun einen Esser mehr in diesem Haus geben wird. Aber bisher hat die kleine Dosenöffnerin mir noch nichts weggefuttert und ich hatte manchmal auch die Chance, etwas von ihrem Teller zu stibitzen, wenn alle abgelenkt waren. Also bin ich guter Dinge, dass diese Veränderungen nur Vorteile für mich haben werden.

Die Perserkatze hingegen ist jetzt schon gestresst. Sie ist nicht so die Familienkatze, sitzt lieber alleine in ihrem Zimmer, beobachtet die anderen und riecht zwischendurch an der dreckigen Wäsche der Dosenöffner oder an meinem Hintern. Von diesen lebenswichtigen Aufgaben lenkt ein lautes Baby nur ab… Zudem ist sie leicht zu stressen. Na ja, aber sie wird damit leben müssen, auch wenn sie nach vier Jahren noch jedes Mal wegrennt, wenn die kleine Dosenöffnerin einen Raum betritt.

Das Fazit meiner vorherigen Argumentation ist: Hauptsache ich bin zufrieden!

#Musik #Folterinstrument

Zu Weihnachten gab es einige neue Dinge – sie nennen es Geschenke – für die kleine Dosenöffnerin. Man hätte stattdessen das Geld auch in Futter für mich investieren können, dann wäre es sinnvoller angelegt gewesen… Aber gute Entscheidungen werden in diesem Haus eher selten getroffen. Zudem wird man als schwarzer Kater generell diskriminiert. Das scheint zum guten Ton zu gehören. Ihr merkt das daran, dass sie wieder den ganzen Tag vor dem Bildschirm sitzen, statt meinen Bauch zu kraulen, was das einzige Richtige wäre!

Aber zurück zum Thema schlechte Geschenke zu Weihnachten: Also es gibt unterschiedliche Gegenstände, die machen laute Geräusche. Und davon haben wir plötzlich wahnsinnig viele im Haus und sie quälen mich jetzt seit gut einem Monat. Die kleine Dosenöffnerin versucht nämlich diese Geräusche nicht zu vermeiden, was einem das einzig Logische erscheint. Nein, sie macht sie immer wieder und immer lauter! Manchmal setzt sie sich sogar neben mich, sagt: „Miau" und gibt diesen störenden Lärm von sich, so dass ich Angst habe, dass mir das Trommelfell platzen könnte. Dazu singt – wenn man das überhaupt singen nennen kann, mein Katzenjammer ist auf jeden Fall schöner – oder schreit sie unverständliche Töne. Das lässt einem das Blut in den Adern gefrieren.

Der einzige Vorteil an diesem neuen Ritual ist: Wenn sie damit beginnt, ist die Perserkatze sofort weg und ich kann mich auf dem Bett ausbreiten, andererseits ist Schlafen dann leider nicht mehr möglich, da man das Gefühl hat, die Welt würde untergehen.

Sie nennen diese Teile übrigens Musikinstrumente, ich würde sie eher Folterinstrumente nennen. Dass das die Dosenöffner nicht stört? Ein weiterer Beweis, dass sie in der freien Wildnis nicht überleben würden! Statt zu schimpfen, wie sie es bei mir zu oft machen, klatschen die Dosenöffner immer vergnügt und loben sie. Wieso bekomme ich nicht so lobende Worte, wenn ich meinen, inklusive des Futternapfs der Perserkatze leere? Die Welt ist im neuen Jahr nicht weniger seltsam und auch nicht gerechter geworden.

#Siesta #Kinderwissensbesser

Ich berichtete schon mehrmals, dass ich mich bis auf einige nervige Eigenschaften, die an manchen Tagen störender und an anderen fast akzeptabel sind, ziemlich in die kleine Dosenöffnerin verliebt habe. Kinder sind so viel klüger als Erwachsene. Ich hoffe, das nächste Baby wird genauso klug!

Die kleine Dosenöffnerin hat in ihrer kurzen Präsenz so Wichtiges geschaffen: Sie hat endlich die Siesta in diesem Haus etabliert. Das war längst überfällig! Davor habe nur ich diese harte Aufgabe übernommen, die Zeit abzuschlafen und bis auf die Perserkatze haben mich alle damit alleine gelassen. Das ist jetzt nicht mehr so! Dank diesem kleinen Menschenwesen bin ich nicht mehr alleine. Und die kleine Dosenöffnerin hat die große Dosenöffnerin gleich angesteckt. So liegen wir jetzt regelmäßig mittags zu dritt – zu viert, wenn man das noch kleinere Wesen im Bauch mit einberechnet, welches ab und an ganz schön Randale macht – auf dem großen Bett, genießen das Leben und gehen sinnvollen Tätigkeiten nach.

Hierbei ist es deutlich anstrengender geworden, den besten Platz zu bekommen, aber ich erkämpfe ihn mir regelmäßig. Da es auf ihren Bäuchen häufig zu unruhig ist, habe ich den erhobenen Platz auf dem Kissen neben ihren Köpfen als meinen Schlafplatz ausgewählt und fühle mich dort katerwohl. Das zeigt auch gut die Rangordnung in diesem Haus auf. Dabei strecke ich alle meine Pfoten von mir und zeige immer wieder mein Bäuchlein, in der Hoffnung, dass die Dosenöffnerin während des Schlafens auch noch Kraulen kann – und manchmal funktioniert das! Viel zu selten, aber man freut sich in diesem Haus über die kleinen Dinge und erwartet nicht zu viel.

So vergehen aktuell die Tage und ich bin nicht viel draußen, da sie schon wieder vor #CoronaDuHund warnen und ich ihm nur ungern begegnen will. Aber zu dritt schlafend vergeht die Zeit viel schneller als alleine und ist vor allem schöner.

#Seelentröster #Kinderflüsterer

Es ist schon lange kein Geheimnis mehr: Wenn es um die kleine Dosenöffnerin geht, da wird aus dem wilden Kater in mir plötzlich ein sanftes Kätzchen. Ich würde jede Katze auf der Straße in die Flucht schlagen, wenn ich das Gefühl hätte, sie würde meiner kleinen Dosenöffnerin zu nahekommen. Mein Herz schlägt stark für dieses Geschöpf, welches schon wahrhaftig doppelt so groß wie ich ist. Als sie zu uns kam, war sie noch deutlich kleiner. Unglaublich! Und mit jedem Centimeter den sie größer wird, schließe ich sie fester in mein großes Katerherz.

Das sag ich nicht nur so, sondern ich setze mich wirklich für sie ein. Das ist nicht immer einfach, denn nur allzu häufig verletzt sie sich. Diese menschlichen Wesen sind manchmal echt tollpatschig. Laufen gegen Tische mit dem Kopf oder einen Schrank, rutschen aus, verletzen sich an einem Gegenstand und machen noch zahlreiche weitere Dummheiten. So viele kleine Unfälle wie es regelmäßig in diesem Haushalt gibt, habe ich bisher noch nicht gesehen. Glücklicherweise passiert mir nicht so viel! Die kleine Dosenöffnerin nennt ihre Verletzungen ‚Aua' und dagegen hilft nur ein schnurrender Kater neben dem Kopf, der wild seinen Kopf gegen das verletzte Dosenöffner-Körperteil reibt – das wurde in Studien belegt. Ich gebe mein Bestes und erfülle diese Aufgabe – wie von mir gewohnt – mit Bravour. Da hilft dieses seltsame Pusten der großen Dosenöffnerin kaum.

Vor kurzem hatte die Kleine Fieber und glühte förmlich. Ich hatte das Gefühl in der spanischen Sonne zu liegen, dabei lag ich nur auf der Bettdecke neben ihr. Während die großen Dosenöffner nur Unruhe verbreiteten, ermöglichte ich mit aller Kraft Ruhe, um diese auf das kleine Wesen zu übertragen. Dies tat ich, indem ich bei ihr lag, sie mit meinem Schnurren und meinem beruhigenden Schlaf beglückte. Erfolgreich! Einige Therapiesitzungen später war sie wieder auf den Beinen, sang Lieder und bereitete mir Futter zu. Mit einem schwarzen Kater im Haus braucht man keinen Psychiater oder Arzt. Ich bin – ohne überheblich zu sein – das Gesamtgesundheitspaket.

Dank ihr gibt es zumindest ein dankbares Wesen in diesem Haus. Und erneut konnte ich beweisen, wie viel ich für unsere Hausgemeinschaft auf mich nehme. Auch wenn die großen Dosenöffner das nicht zu schätzen wissen…

#KatzevsMensch #trächtig

Nicht nur als Notarzt, sondern auch in anderen Lebensbereichen wird klar, dass eine Katze – oder noch besser ein Kater – dem Menschen überlegen ist. Dies zeigt sich schon in der generellen Entwicklung der Katze im Vergleich mit dem primitiven menschlichen Wesen. Als erstes möchte ich hier über meinen haarscharfen Verstand sprechen, den die Dosenöffner jedoch nicht zu missen scheinen. Sehr häufig fallen mir wenig durchdachte Aktionen ihrerseits auf. Aber je weniger du weißt, desto besser schläfst du. Deshalb geht es ihnen so gut, nichts wissend von ihrer Unfähigkeit.

Des Weiteren sind besonders die weiblichen menschlichen Wesen massiv eingeschränkt. Ich hatte vor einigen Monaten meine Vorfreude bezüglich der Trächtigkeit meiner

Dosenöffnerin dargelegt und ihr fragt euch bestimmt, warum ich trotz meiner großen Vorfreude immer noch nicht von Dosenöffne-Babys berichtet habe. Sie sind noch nicht da. Unglaublich, aber wahr!

Ich weiß nicht, was da los ist, das war bei der kleinen Dosenöffnerin auch so. Die Dosenöffnerin wurde so dick, dass man das Gefühl hatte, sie würde gleich platzen, und brauchte eine Ewigkeit, um Nachwuchs zu produzieren. Trotzdem kam dieser völlig hilflos auf die Welt, hatte keine Haare und konnte außer atmen und schreien nicht sonderlich viel. Ich frage mich die ganze Zeit, was da im Bauch so lange passiert...

Jetzt merke ich zumindest, wenn ich mich auf dem Bauch breitmache, dass da drinnen etwas vor sich geht, und spüre Bewegungen. Aber die ersten fünf Monate, da konnte ich nur riechen, dass sie trächtig war, und gar nichts passierte. Ich dachte schon, meine gute Nase hätte sich vertan... Trotz der Party im Bauch bleibe ich natürlich auf meinem Bauchplatz sitzen, auch den ganz Kleinen muss man zeigen, dass das mein Terrain ist und sie hier nach der Geburt nichts zu suchen haben.

Und wenn ihr denkt, das wäre die einzige Einschränkung der Dosenöffnerin, dann täuscht ihr euch gewaltig. Beim letzten Mal kam nach den langen Monaten des sehnsüchtigen Wartens nur ein Baby mit nach Hause. Die Dosenöffnerin schaffte es scheinbar nicht, dieses alleine zu gebären und musste deshalb in eine Menschenklinik. Zumindest entnahm ich dies ihren Gesprächen. Und dann kam sie nur mit einer einzigen kleinen Dosenöffnerin zurück. Vielleicht hat sie die anderen Babys verloren oder vergessen, das sähe ihnen ähnlich. Aber irgendwie glaube ich, dass da nur eines drinnen war. Und jetzt ist sie gefühlt wieder ein halbes Katzenleben trächtig und ich vermute, dass wir wieder nur einen einzigen neuen Mitbewohner bekommen... Da muss ich noch lange warten, um hier eine Truppe kleiner Dosenöffner zu haben, die mich rund um die Uhr abwechselnd streicheln. Das Leben ist auch als Dosenöffner nicht einfach!

Wobei ich nicht weiß, ob mein Mitgefühl berechtigt ist… Denn manchmal habe ich bei den Dimensionen ihres Bauches Angst, dass sie heimlich, während ich draußen auf Streife bin und #CoronaDuHund verjage, mein Fressen futtert, anders kann ich mir diesen riesigen Bauch nicht erklären. Ich hoffe für sie, dass dies nicht der Fall ist, sonst macht sie mich sehr zornig. Und ein Katzensprichwort sagt: Ziehe niemals den Zorn eines schwarzen Katers auf Dich!

#Frühlingsgefühle #großeLiebe
#Kinderherz #LebenmitKind

Ich freue mich riesig auf den Nachwuchs! Wenn er so toll wird wie die kleine Dosenöffnerin, dann lebt hier endlich noch ein weiteres Wesen, welches mich versteht, mich umsorgt und sich um mich kümmert. Die großen Dosenöffner sind bezüglich meiner Bedürfnisse häufig sehr unaufmerksam.

Was macht das Kind anders? So einiges! Wenn ich auf dem Küchenstuhl schlafe, um nicht die seltene Essensausgabe zu verpassen, dann kommt sie, spürt meine Not und legt mir Trockenfutter auf mein Stuhlkissen, um meinen Hunger zu lindern und weitere Anstrengungen meinerseits zu vermeiden. Das ist Essen mit höchstem Komfort. Und wenn sie einen ganz zärtlichen Tag hat, höre ich noch ein süßes „Ich liebe meinen Kater" aus ihrem Mund. Das ist Balsam für meine Katerseele.

Neben dem Hunger sind für sie auch meine anderen Bedürfnisse von Bedeutung. So streichelt sie mich, wenn es mir nicht gut geht, ich auf dem Boden sitze und meine Haare hochwürge und stellt fest: „Wenn ich Dich streichle, geht es Dir bald besser!" Und es stimmt, selbst diese lästigen, alltäglichen Dinge sind mit ihr viel angenehmer.

Liege ich auf ihrem Bett, kommt sie häufig mit Kuscheltieren und Decken – manchmal ist es etwas zu viel des Guten – und deckt mich zu, damit mir nicht kalt wird. Dazu gibt es noch einen Kuss auf meinen Rücken, mit den Worten: „Wenn ich Dir einen Kuss gebe, bist Du nicht traurig!" Nein, das bin ich nicht.

Ja, ich habe es echt gut bei ihr. Die Perserkatze hingegen nicht immer. Wenn sie mit ihr ‚Verstecken' spielt, kann ich mir ein Schmunzeln nicht verkneifen und bin zugegebenermaßen etwas schadenfreudig. Dafür sucht sie die Perserdame in den dunkelsten Ecken und wenn sie sie findet, rennt sie ihr lachend hinterher und schreit ganz laut durch die Wohnung „Wir spielen verstecken" – Zumindest einer von beiden. Was für die sich versteckende Rassekatze keine große Freude ist, ist für mich höchst unterhaltsam. Ja, Humor hat das Kind. Hoffentlich ist das nächste genauso toll!

Und hoffentlich werden sie niemals älter und weniger rücksichtsvoll bezüglich meiner Bedürfnisse…

#Happybirthdaytome #Katergeburtstag

Wenn ihr denkt, es wurde für mich eine Geburtstagsparty ausgerichtet, dann täuscht ihr euch gewaltig. Das hätte ich auch nicht von den Dosenöffnern erwartet… Und natürlich kämen sie nicht auf so eine nette Idee, dafür müsste es ja um meine Bedürfnisse gehen und nicht nur darum, dass ich ihr Haus vor sämtlichen Eindringlingen bewache und dafür noch um Futter betteln muss. Trotzdem war es ein wirklich schöner

Tag. Man muss eben das Beste aus der eigenen Situation machen und positiv denken, sonst wird man hier nur depressiv.

Aufgrund von #CoronaDuHund sind wir alle etwas eingeschränkt. Auch wenn ich diese furchterregende Bestie immer noch nicht gefunden habe…. Sie impfen sich jetzt gegen ihn. Keine Ahnung, was das bringt. Vielleicht verändert das ihre Duftspur und macht sie weniger angreifbar? Ich finde es jedoch gut, dass sie nach so langer Zeit endlich versuchen wieder in die Normalität zurückzukommen. Auch wenn es mir selbst vor Impfungen graut und ich hoffe, dass sie mich nicht auch gegen diesen Hund impfen wollen.

Auf jeden Fall war die geimpfte Großmutter da, welche mich auf ihren Schoß ließ und Freude daran hatte, mich zu graulen. Ob sich die Dosenöffner dabei etwas abgeschaut haben, bezweifle ich jedoch.

Das Highlight des Tages waren diese unnützen Dinge: Sie nennen sie Geschenke, in buntem Papier eingepackt, das so schön raschelt, und die sogenannten Luftschlangen, welche für die kleine Dosenöffnerin bereitlagen. Ein Traum für mich. Während die Perserkatze sich auf das Geschenkband stürzte und auf ihm herumkaute, als wäre es eine Köstlichkeit, wurde mein hervorragender Jagdinstinkt durch die Luftschlangen geweckt und ich rannte ihnen hinterher, als wären sie flinke Mäuse. Glücklicherweise weiß die kleine Dosenöffnerin zu teilen und rannte mit ihnen in der Hand durch das große Wohnzimmer, während ich die bunten Schlangen voller Leidenschaft verfolgte. Es war wirklich toll und auch die kleine Dosenöffnerin hatte viel Spaß dabei. Hätte sie doch jeden Tag Geburtstag, dann hätte ich immer schöne Dinge zu tun.

Seit die kleine Dosenöffnerin bei uns ist, haben die Dosenöffner ein Ritual begonnen, welches ich sehr mag. Abends lesen wir alle gemeinsam im Bett mehrere Bücher. Was es wirklich für einen Sinn macht, diese seltsamen Geschichten zu lesen, weiß ich nicht. Aber ich liege gerne mit allen zusammen im Bett und lasse mich streicheln.

Doch jede Medaille hat zwei Seiten, denn seit die kleine Dosenöffnerin da ist, muss ich mich auch etwas mehr ins Zeug legen, um die gewünschte Aufmerksamkeit zu bekommen. Früher war das einfacher… Ob auf dem Bauch des Dosenöffners, der vorliest, oder auf den Kopf der Dosenöffnerin, alles ist mir recht, damit ich im Mittelpunkt stehe. Genauso gehört es sich nämlich für einen stattlichen Kater. Manchmal hilft es jedoch nur, sich vor das Buch zu legen, damit endlich alle Blicke auf mich gerichtet werden. Wer liest noch gerne, wenn er einen hübschen, schwarzen Kater anschauen kann? Nicht so nett ist, dass sie mich dann meistens wegdrücken. Ich habe immer noch nicht verstanden, warum sie das machen.

Nervig ist auch, dass die kleine Dosenöffnerin mir manchmal ihren Schoß anbietet. Natürlich freue ich mich darüber, denn sie ist jetzt schon größer und man kann es sich auf ihr gut bequem machen. Aber kaum habe ich eine gemütliche Position gefunden, wechselt sie die Stellung oder schickt mich wieder weg. Diese kleinen Dosenöffner können wirklich keine Sekunde still liegen. Furchtbar!

Zudem hat sie noch mehr Platzneid als ich. Erst will sie bei der großen Dosenöffnerin liegen, weshalb ich mich also auf dem Bauch des Dosenöffners bereit mache, und dann fängt sie plötzlich wahnsinnig an zu schreien und möchte unbedingt auch auf seinem Bauch liegen. Und was passiert dann? Statt das sie feststellen, dass das mein Platz ist, drücken mich die Dosenöffner so lange weg, bis ich freiwillig kapituliere, weil ich keine Lust mehr habe. Denn eigentlich wollte ich nur entspannt dort liegen, ein bisschen dösen und nicht die ganze Zeit, um meinen Platz kämpfen. Das war es also mit der Abendruhe.

So sehr ich dieses kleine Wesen liebe, vermisse ich die Abende ohne sie, ohne die Perserkatze und mit der mir gebührenden Aufmerksamkeit… Und mit viel Futter natürlich!

Hier hat man kein Herz für die Bedürfnisse eines schwarzen Katers!

#Überschätzt #HoheErwartungen #Wildtiere

Meine Arbeit als Mäusejäger wird hier wenig wertgeschätzt, wie ihr aus meinen Berichten wisst. Gleichzeitig ist es verblüffend, was sie mir zutrauen und schockierend, was sie scheinbar von mir erwarten.

Seit Neustem sieht die kleine Dosenöffnerin immer wieder Krokodile auf dem Boden unserer Wohnung. Ich dachte zuerst, sie meinte ihr Holzkrokodil, welches dort manchmal herumliegt. Aber das ist in der Regel nur in ihrem Kinderzimmer vorzufinden, weshalb es mich verwundert, wieso sie nun von Krokodilen in der Küche oder im Schlafzimmer der Dosenöffner berichtet.

Die Dosenöffner legen, wenn das Krokodil auftaucht, mit ihr immer die Füße hoch, damit die Krokodile nicht nach ihren Beinen schnappen können. Ich springe sicherheitshalber meistens auch auf einen der Stühle, mache mir aber nach wenigen Schrecksekunden vor allem um ihr mentales Wohlergehen Sorgen. Denn bisher habe ich diese Tiere noch nie gesehen.

Wie übrigens auch #CoronaDuHund, aber da auch die Nachbarn von diesem berichten, scheint es ihn wirklich zu geben, während es diese Krokodile nur in diesem Haus gibt.

Seit ein paar Tagen hat die kleine Dosenöffnerin eine Lösung für die Krokodilplage gefunden, aber ich weiß nicht, ob mir diese gefällt. Da stellte sie während des Abendessens und einer weiteren Krokodilattacke fest: „Unser Kater frisst alle Krokodile!" und während ich noch dachte, mich verhört zu haben, bestätigte die Dosenöffnerin: „Genau, also keine Angst, die sind dann alle weg!"

WAS? Jetzt wird mir bewusst, wieso ich so wenig Wertschätzung nach meiner Mäusejagd bekomme: Sie erwarten Krokodile von mir! Aber selbst Babykrokodile sind viel schneller und deutlich größer als ein spanischer Kater!

So langsam sind sie wirklich verrückt geworden!

#EigenesBett #mehrFreiheit

Es ist geschafft, nach drei Jahren Kampf um den besten Platz im Bett, habe ich endlich gewonnen! Und das war mit Sicherheit nicht selbstverständlich. Wie das passiert ist? Die kleine Dosenöffnerin hat seit einiger Zeit ein eigenes großes Bett in ihrem Zimmer. Das hat viele Vorteile. So liege ich meistens tagsüber in ihrem Bett und bekomme alle wichtigen Ereignisse aus dem Kinderzimmer mit. Das ist von Bedeutung, da sich die Dosenöffner beispielsweise nach der Arbeit immer erst dort einfinden und alle von hier aus in Richtung Küche gehen, um als nächstes das Abendessen vorzubereiten. Ihr seht also, dass das Kinder- oder auch Katerzimmer ein zentraler Ort ist, vor allem wenn man das Geschehen in der Küche im Blick haben möchte.

Abends geht es zu den Dosenöffnern ins Bett. Mäuse fange ich übrigens beim kurzen in den Gartenschauen oder bei Klogängen spontan nebenher. Als erfahrener Kater habe ich trotz nicht so großer Anstrengung viel Beute vorzuweisen. Die Zeit in den großen Betten abzuschlafen ist die zweit wichtigste Aufgabe des Katers nach dem Mäusefangen, nur dass hier keine Gerüchte aufkommen, dass ich mich nicht beiden Themen ähnlich intensiv widme.

Zurück zum Thema: Mir zuliebe hätten sie sich ein größeres Bett anschaffen können, aber nun ja, meine Bedürfnisse… Das Thema kennt ihr schon zu genüge. Jetzt wo die kleine Dosenöffnerin öfters die ganze Nacht, manchmal nur eine halbe in ihrem Zimmer schläft, bedeutet das: Deutlich mehr Platz für mich. Und nachts – natürlich nur wenn ich das Bedürfnis danach habe – volle Aufmerksamkeit für den Herrn Kater. So schlafe ich in manchen Nächten am Fußende, sie sollen nicht glauben, dass ich ihre Nähe brauchen könnte, sondern im Gegenteil eher der Meinung sind, dass vor allem ich für sie von großer Bedeutung bin, was ja auch so ist! Nur ist ihnen dies in ihrer Undankbarkeit viel zu selten bewusst.

Aber harte Schale, weicher Kern, in manchen Nächten liege ich gerne bei der Dosenöffnerin im Arm und genieße ihre ungeteilte Aufmerksamkeit. Die Kopfkissen sind auch bequem, man sitzt dort leicht erhöht und ist direkt neben dem Kopf der Angestellten. Ich kann sie also mit dem Kopf anstoßen, damit sie sich morgens für das Frühstück schneller aus dem Bett bewegen.

Hoffentlich ändert die Ankunft des menschlichen Kittens nichts an diesem Sieg. Apropos, ich glaube, die Dosenöffnerin platzt, wenn es nicht bald rauskommt. In diesem Bauch müssen mindestens fünfzig Babys sein, damit die Größe nachvollziehbar ist. Sie muss in nächster Zeit mehr Sport machen, damit sie sich weiter gut bücken kann und an die Futterschublade kommt, sonst könnte das böse für mich enden.

#Nachwuchs

Das Kitten ist endlich da. Ich muss jetzt fleißig Mäuse fangen, damit alle versorgt sind. Zudem versuche ich den kleinen Dosenöffner – endlich ein menschliches männliches Kitten im Haus, also Verstärkung für mich! – durch meine Präsenz um die Pfote zu wickeln!

Es ist wirklich viel Arbeit, aber ich schaffe das mit Bravour, entschuldigt nur dass ich noch etwas Zeit brauche, bis ich mich mit Details melde.

#dasBabyistda

Nach einer gefühlten Ewigkeit – ich dachte schon, dass ich vorher an dieser furchtbaren Diät sterbe – ist das Babykitten endlich da! Und oh Schreck, es ist wie beim letzten Mal wieder nur eines! Entweder haben die Dosenöffner die anderen in ihrer Zerstreutheit beim Arzt vergessen und sie trudeln die Tage hier ein, vielleicht per Post wie mein Trockenfuttersack, oder es hat die anderen aufgefressen.

Wie ich auf die letzte Hypothese komme? Er ist groß, wirklich groß! Ich erinnere mich noch an die Geburt der kleinen Dosenöffnerin. Da kamen sie mit einem – im Gegensatz zu einem Katzenkitten – recht großen Baby zurück, aber ich war trotzdem noch deutlich größer. Dem ist jetzt nicht so! Das Kind ist so groß wie ich. Und ihr wisst, ich bin ein staatlicher Kater

– trotz zahlreicher Diäten. Mich bekommt so schnell nichts klein. Trotzdem stelle ich schockiert fest: Mir wird das Essen gestrichen und die anderen schlemmen sich – in diesem Falle das Baby –durchs Leben. Ich habe gehört, dass es sogar eine Milchflatrate haben soll. Da bleibt mir das Maul offenstehen vor Neid. Aber nun ja, da es so groß ist, vielleicht habe ich Glück und es lernt schneller, mir Futter zu zubereiten.

Des Weiteren ist es ein Glück ein Männchen! Eine weitere Frau in diesem Haushalt wäre eindeutig eine zu viel gewesen. Nun ist das Gleichgewicht zwischen männlichen und weiblichen Lebewesen in diesem Haus endlich ausgeglichen und ich habe einen Stammhalter, den ich nun nach meinen Wünschen erziehen muss. Eine große Aufgabe, die ich jedoch gerne annehme, damit er ein guter Dosenöffner wird!

Erst einmal bringe ich ihm bei, wie er Mäuse fängt. Ich überlege, ihm eine lebendige Maus in seine Wiege zu legen, dann kann er sich schon einmal an dieser ausprobieren…

#Haussegenhängtschief

Ihr wisst ja, dass ich sehr engagiert bin und die mir zugeteilten Aufgaben mit dem nötigen Ernst auf mich nehme. So auch die Erziehung der kleinen Dosenöffnerin und nun auch des kleinen Dosenöffners. Also habe ich vor einigen Tagen in einer regnerischen Nacht meinen Plan in die Tat umgesetzt und eine Maus gefangen. Natürlich habe ich sie lebendig hoch in die Wohnung der Dosenöffner gebracht, damit sie endlich – ich versuche es schon seit fast vier Jahren – etwas Sinnvolles lernen: eine Maus zu töten.

Bisher erfolglos, denn was ein kleiner Dosenöffner nicht lernt, lernt ein großer nimmermehr. Vielleicht sind ihre

Nachkommen weniger schwer von Begriff. Während ich in der Küche noch überlegte, wie ich dieses Vorhaben am geschicktesten umsetzen könnte, lenkte mich die Perserkatze ab und vor Schreck fiel mir die Maus aus dem Maul. Das war so nicht geplant gewesen und ein spontaner Planwechsel musste her… Ich wäre nicht Kater Carlo, wenn ich nicht gewusst hätte, was jetzt zu tun ist.

Die Verfolgungsjagd begann und dauerte – wie ihr Euch vorstellen könnt – eine gewisse Zeit. Das Kinderzimmer ist voller kleiner Ecken, die sich als perfekte Mäuseverstecke entpuppten. Natürlich hatte ich am Ende der Nacht die Maus gefangen, getötet und stolz auf den Kinderteppich abgelegt. Zwar keine Mäusefanglehrgang für die Dosenöffner, dafür ein Willkommensgeschenk für das Baby. Ich war mir sicher, dass sie mich nach dieser guten Tat nur mit Dank überhäufen konnten.

Als ich am nächsten Morgen – aufgrund der anstrengenden Nacht – noch schlief, fand die kleine Dosenöffnerin meine Gabe, hob sie an ihrem Schwanz hoch und zeigte sie stolz den Dosenöffnern. Diese waren widererwartend überhaupt nicht glücklich über den Fund. Man kann es ihnen nie recht machen… Die kleine Dosenöffnerin – wie ihre wertschätzende Reaktion zeigte – hat viel mehr Respekt vor meiner Arbeit. Also zumindest trägt meine Erziehung bei ihr Mäuse.

Zudem reagierten die beiden anderen auf das Thema Maus auch noch die folgenden Tage sehr genervt, da dieses kleine Wesen bis ins obere Regal der kleinen Dosenöffnerin Mäusekot hinterlassen hatte und an vielen weiteren Ecken in der Wohnung, wie zum Beispiel auf der Teekanne. Als ob das so schlimm wäre… Hallo? Die heben die Ausscheidungen ihrer Kinder in einer großen Plastiktüte in einem sogenannten ‚Windeleimer‘ auf und regen sich in einem übertriebenen Ausmaß über ein bisschen Mäusekacke auf. Das soll jemand verstehen.

#Hunger #Schock

Jeden Tag passieren hier neue Dinge, die Kater verkraften muss. Und das ist nicht immer einfach! Gestern haben sie beispielsweise Paella gemacht. Ihr wisst ja, dass ich spanische Wurzeln habe: Hühnchen, Garnelen und Tintenfisch gab es aber leider nicht für mich. Dass sie mich so behandeln, dass bin ich – so traurig es klingt – leider schon gewohnt… Und während ich hungerte, hörte ich ihre furchtbaren Essensgeräusche. Es gibt keine größere Folter – sie schlemmen und ich vegetiere dahin.

Nun ist aber noch etwas Weiteres, sehr Alarmierendes passiert! Denn nicht nur ich klage in diesem Haus über Hunger. Der Neuankömmling muss regelmäßig durch Schreien kundtun, dass er Essen braucht, wie auch ich immer klagen muss, um etwas zu bekommen. Das scheint hier also normal zu sein, dass Tiere und Babys auf sich aufmerksam machen müssen, um nicht den Hungertod zu erleiden.

Eine Sache ist jedoch neu, selbst für mich. Ich kann mich nicht erinnern, dass ich je so verzweifelt war, wie dieses Baby. Es musste gestern vor Hunger nicht nur herzzerreißend weinen, sondern auch seine kleinen Hände essen. Könnt ihr euch das vorstellen? Sie bekommen ein Baby und lassen es derart hungern, dass es sich selbst aufessen will. Als sie es auf den Arm nahm, wollte es auch noch ihren Arm essen, bis sie ihm endlich seine Milch gab. Das ist wirklich dramatisch! Beim Spielen habe ich mir auch schon einmal in den Schwanz gebissen, aber nicht vor Hunger.

Ein Glück bin ich ein Kater und kein Baby. Schon als Katzentier ist das Leben in diesem Haus nicht leicht, aber als Baby ist es so viel schlimmer! Wenn er groß und stark ist, können wir uns verbünden und dann kann er rund um die Uhr essen und mir auch Essen geben. Halte durch kleiner Mann! Es kommen auch wieder bessere Zeiten und heute Nacht fange ich Dir eine Maus!

#allesfalsch

Egal, was man macht, man macht es falsch... Aktuell stehen zwei Kritikpunkte auf dem Tagesprogramm:

Erstens: Meine Geschenke. Ja, wer hätte gedacht, dass es Wesen gibt, die derart gereizt auf Geschenke reagieren. Ich bin ehrlich gesagt kurz davor, das persönlich zu nehmen. Die kleine Dosenöffnerin malt seltsame ‚Bilder', die völlig sinnlos sind, sie sich aber an den Kühlschrank hängen, und die keinerlei Nutzen erfüllen, während man mein Geschenk sogar essen kann. Und ich versuche mich auch ihrem Geschmack anzupassen. Sie mögen keine Mäuse? Gut, kein Problem, auch wenn man darauf nur mit Unverständnis reagieren kann. Dann gibt es eben einen Vogel. So flexibel bin ich auf meinen Jagdtouren. Wobei das Fangen eines Vogels natürlich noch einmal ein anderes Niveau ist. Das kann nicht jeder!

Aber was soll ich sagen? Ich habe derartige Anstrengungen auf mich genommen und das ist ihnen auch nicht Recht! Ich habe ihn sogar lebendig mitgebracht, damit sie noch ein bisschen mit ihm spielen können. Aber statt ihn mir zu überlassen, weil sie kein Interesse haben, nimmt die völlig respektlose Dosenöffnerin ihn und setzt ihn auf den Balkon, wo er wegfliegt. Ich habe mich stundenlange bemüht dieses Geschenk zu fangen, um ihnen meine Wertschätzung zu zeigen – in der Hoffnung auf mehr Futter – und sie lässt ihn hinausfliegen. Unfassbar! Ich werde lange brauchen, um das zu verkraften.

Zweitens: Es gibt Kritik an meiner Frisur und meinem Putzverhalten. Genau, das sagen diejenigen, die eine Perserkatze wie ein Schaf scheren. Und selbst am ganzen Körper nackt sind. Manchmal helfen sie sogar noch mit einem sogenannten Rasierer nach, um sich dann – weil es plötzlich und unerwartet kalt ist – Kleidung anzuziehen. Natürlich ist es kalt, wenn Du kein Fell hast!

Aber ich bekomme regelmäßig Kritik, weil bei mir nach dem Putzen auf dem Rücken immer ein paar Haare abstehen! Ob ich mich nicht anständig putzen könnte? Natürlich! Ich putze mich im Gegensatz zu euch auch mehr als einmal am Tag und brauche dafür nicht diese seltsamen ‚Duschen‘. Sie verstehen nichts: Diese Frisur muss so sein! Sie unterstreicht meine rebellische und kämpferische Art! Außerdem bin ich von Natur aus eine Schönheit. Die haben echt keine Ahnung!

Trotzdem verletzen all diese Worte meine Katerseele sehr.

#Vogellieferdienst #Glück #Unglück

Manchmal, manchmal da träume ich, dass ich nur auf meinem Kissen sitzen muss und mir die Vögel ins Maul fliegen. Dass sie schön singen und trällern, bevor sie sich mir selbst zum Abendessen servieren.

Und genau das ist gestern passiert! Um Punkt 18 Uhr, Abendessenzeit, pünktlicher als die Dosenöffner mir selbst das Essen auftischen. Ich war verwundert und verblüfft, als mich das Trällern aus der Toilette aus meinen Träumen weckte. Scheinbar war ein kleiner Vogel durch das gekippte Fenster hineingeflogen. Welch ein schöner Tag! Manchmal gehen Träume doch in Erfüllung. Ich sprang begeistert durch den Raum, um das Abendessen dankbar entgegenzunehmen.

Jedoch währte die Freude nur kurz, plötzlich kam die Dosenöffnerin um die Ecke und schaute ähnlich entgeistert wie ich. Und was tut sie, statt mir mein Glück zu gönnen? Mir bei der spannenden Jagd zu helfen oder mich wenigstens begeistert zu beobachten? Sie packt mich und bevor ich überhaupt handeln kann, sitze ich ausgesperrt auf dem Balkon… Und nein, sie hat das nicht getan, um den Vogel selbst zu jagen. Das hätte ich noch verstanden. Stattdessen öffnete sie das Fenster und lässt ihn frei. Ja, ihr habt richtig gehört! Sie ist verrückt geworden! Als ich endlich wieder in die Wohnung gelassen wurde und zurück zum Tatort stürmte, fand ich dort nur noch Vogelkacke, welche mich an einen Traum erinnerte, der wie eine Seifenblasse geplatzt war.

Und ja, das Abendessen gab es aufgrund der ganzen Aufregung natürlich viel zu spät!

#Sommerurlaub #2021

Scheinbar die schönste Zeit der Dosenöffner… Und ich sitze nach dieser furchtbar holprigen Fahrt in diesem kleinen Katzenkäfig mit der Perserdame in dem sogenannten ,Katzenhotel' fest. 24/7 kackt sie also neben die Toilette und ich muss es mit eigenen Augen ansehen, ohne etwas dagegen tun zu können. Das ist Folter für einen reinlichen Kater wie mich. Ein Albtraum!

Während ich, nichts tuend, dem allen zusehen muss, übernehmen die Mäuse und andere Katzen in meinem Revier die Herrschaft. Ich bekomme jetzt schon ein Katzen-Burnout, wenn ich nur an die Arbeit denke, die in den nächsten Wochen auf mich zukommen wird.

Ich wünsche allen Dosenöffnern, dass ihr Urlaub genauso furchtbar ist wie meiner.

#back #Urlaubvorbei #endlichZuhause

Endlich zurück! Auch wenn die Heimfahrt in diesem kleinen Käfig nicht bequem war und ich – der Kater nennt sich immer zuerst – und die Perserkatze ununterbrochen mit dem kleinen Dosenöffner zusammen schimpfen mussten, sind wir heil in meinem Haus angekommen. Ich habe mich gleich in meinen Sessel gelegt, um meinen Stammplatz wieder zurückzugewinnen, nicht dass die Dosenöffner glauben, dass er ihnen gehört, nur weil ich ihn die letzten Wochen nicht verteidigen und meine Haare darauf verbreiten konnte. Das wird natürlich die nächsten Tage ausgiebig nachgeholt.

Doch jeder von uns geht mit dieser Rückkehr in seine gewohnte Umgebung anders um. Die Dosenöffner haben alles zugestellt, mit dreckiger Wäsche, die sie aus dem Urlaub mitgenommen haben. Sie riecht ziemlich stark nach Kuh – Ferien auf dem Bauernhof nennen sie diese unangenehme Duftspur. Man merkt doch, dass sie nicht so perfekt sind wie Unsereins. Natürlich musste ich mir diesen Katzenknastgeruch aus der sogenannten Katzenpension wegputzen, aber ich muss mich dafür nicht Tage lange waschen, wie sie es mit ihrem abziehbaren Fell machen.

Die Perserdame stellte mit einem lauten Miau fest „Zuhause ist nur, wenn es nach Kacke riecht!" und machte nach nicht einmal fünf Minuten ihr großes Geschäft direkt vor die Katzentoilette, um ihr Revier im Bad zu markieren und den Dosenöffnern zu zeigen, dass ihr Verhalten nicht akzeptabel ist und sie das nicht billigt. Und das obwohl sie die

Dosenöffner nicht groß vermisst hatte und sich erst einmal alleine in die untere Etage legte, um dort ihre Ruhe zu haben.

Ich bin da etwas anders. Denn ich würde auch gerne ein Statement setzen und mindestens eine Woche motzig sein, wie es sich für einen anständigen Kater gehört. Aber spätestens nachts, also wenn keiner zusieht, siegt mein Kuschel- und Nähe-Bedürfnis und ich legte mich bei der Dosenöffnerin in den Arm. Es ist gut wieder Zuhause zu sein! Hoffentlich kommt der nächste Urlaub nicht so schnell oder am besten gar nicht.

Und ab Morgen verbreite ich wieder Angst und Schrecken in meinem Revier, nicht dass die Mäuse in meinem Garten die Überhand übernehmen....

#tristeHerbsttage #LebenmitBaby #oh #no

Ich bin ein familienfreundlicher Kater. Das sagen selbst die Dosenöffner über mich, die sonst immer behaupten, ich wäre nur auf Futter fixiert. Nur so zur Info: Wenn man fast verhungert, muss man das auch sein.

Trotzdem geht das, was heute geschehen ist, zu weit! Bei aller Liebe! Viel zu weit! Wie heißt es immer so schön: Die besten und schlimmsten Geschichten schreibt das Leben selbst. Das kann ich nur bestätigen. Heute ist Unfassbares passiert! Heute hat mich wahrhaftig der kleine Dosenöffner angekotzt.

Ich war – wie so häufig – in Not, weil mein Futter wieder viel zu spät serviert wurde und ich am Hungertuch nagte. Also lief ich der Dosenöffnerin permanent um die Beine, um ihr meine prekäre Situation mit viel Wehklagen darzulegen. Ihr Interesse für meine Probleme hielt sich in Grenzen. Der kleine Dosenöffner befand sich – wie seit seiner Geburt ununterbrochen – auf ihrem Arm. Manchmal habe ich ein bisschen Angst, dass er dort vielleicht festgewachsen ist.

Auf einmal machte er komische Geräusche über mir. Das macht er häufig, weshalb ich mir dabei nichts Weiteres dachte, und plötzlich hatte ich einen großen Schwall Milch im Nacken. Keine frische Milch, sondern ranzige, schon verdaute Milch. Im Nacken! Genau, da wo sie immer dieses Wurmmittel hinmachen und ich mich nicht richtig putzen kann. Genau da! Ich muss das erst einmal verkraften und den Gestank loswerden…

Wahrscheinlich muss ich heute eine Nachtputzschicht schieben, denn ich bezweifle, dass es dem kleinen Dosenöffner gelingt, meinen Nacken sauber zu lecken. Als ob ich draußen nach dem Urlaub der Dosenöffner nicht genug zu tun hätte. Ich melde mich wieder, wenn ich hoffentlich bald nicht mehr unerträglich rieche. Danach werde ich mir die Zeit nehmen, mir intensiv zu überlegen, wie ich sie besser erziehe. Vielleicht kotze ich ihnen an eine unerreichbare Stelle unter ihrem Bett, damit sie sehen, wie das ist. Wer nicht hören kann, muss eben fühlen. Auch wenn das natürlich immer noch nicht mit meinem dramatischen Schicksal vergleichbar ist.

#Harmonie #Kuscheln #Vorweihnachtszeit

Vielleicht habe ich aktuell ein wenig mehr Kuschelbedürfnis als sonst. Das liegt bestimmt an den eisigen Temperaturen, die dazu einladen, und keine Lust auf lange Spaziergänge machen.

Ja, manchmal ist es für mich als spanischer Kater draußen so ungemütlich kalt, dass ich sogar die Toilette der Perserdame benutze – das bleibt unser Geheimnis! Da sie häufig daneben pinkelt, stört sie das eher wenig. Und die Dosenöffner freuen sich sogar, wenn sie etwas drinnen sehen, da sie glauben, es käme von ihr. Nur wenn sie mich auf frischer Tat ertappen, dann schimpfen sie. Aber selbst geht hier niemand mit nacktem Popo raus, um sein Geschäft zu verrichten… Es wird wieder einmal mit zweierlei Maß gemessen!

Abends sitzen die Dosenöffner häufig in der Küche und ich versuche neben dem Essen auch den bequemsten Schoß zu ergattern. Das ist nicht immer einfach, da die Dosenöffnerin nicht ruhig sitzen bleiben kann und immer etwas findet, dass sie plötzlich noch machen möchte, obwohl es viel wichtiger ist, ein bequemes Kissen für mich darzustellen.

Wenn sie abends ins Bett geht, dann stehe ich immer geschwind auf und gehe ihr nach. Entweder sie legt ihre Beine so gut hin, dass sie das perfekte Katzenkörbchen darstellen, gepolstert durch die Decke drauf. Oder ich lege mich bei ihr in den Arm und schlafe dort gemütlich. Es stört mich auch nicht mehr, wenn die Decke auf mir liegt, da bin ich früher ausgerastet, ihr wisst ja schlechte Erfahrungen und daraus folgendes Misstrauen.

Wir beide sind wirklich ein Herz und eine Seele, auch wenn damals unsere Annäherung nicht so einfach war. Man darf ruhig sagen, dass es keine Liebe auf den ersten Blick war, da ich noch sehr verstört war, dass ich erneut umziehen musste, und sie traurig, da davor der schwarze Kater Nummer drei über die Regenbogenbrücke gegangen war. Dafür ist es jetzt umso inniger zwischen uns.

Und diesen Platz in ihrem Arm verteidige ich. Auch wenn das bedeutet, dass ich dem großen Dosenöffner nachts eine verpassen muss, weil er ihr zu nahekommt. Er ist dann sehr unhöflich und hat mich auch schon aus dem Bett geschmissen, aber kaum ist er eingeschlafen, lege ich mich wieder zwischen die beiden. Ich bin hier der König!

#Resignation

Trotz des schönen Dezemberwetters ist hier gar nichts gut! Es stimmt, wir haben schöne Momente und trotzdem knurrt auch ununterbrochen mein Magen.

Ich werde euch ein paar Szenen aus meinem Leben berichten, nicht zu viel, denn es wird euch nur traurig stimmen und das will ich nicht. Auch mein Schwarz ist aktuell einen Tick dunkler, da ich Trauer trage. Um wen ich trauere? Um mich und die fehlenden Weihnachtskilos. Ich bin der nächste hier! Ich bin der vierte schwarze Kater in dieser Familie und ich glaube, die anderen sind keines natürlichen Todes gestorben, sie wurden ausgehungert.

Ich versuche alles, um diesem Schicksal zu entgehen. In letzter Zeit stehe ich nicht einmal mehr auf, wenn sie der Perserkatze Futter auf den Boden stellen. Sie sind dann stolz auf mich und sagen, ich hätte es endlich verstanden, dass zu viel Futter nicht gut für mich wäre… Das ist nicht der Grund, wieso ich nicht aufstehe! Ich habe resigniert. Es bringt nichts, sie geben mir sowieso nichts und ich muss Energie einsparen. Das ist das höchste Ziel, sonst zieht hier bald ein fünfter schwarzer Kater ein…

Aber heute haben sie mich bei einer Verzweiflungstat ertappt und statt Mitgefühl wurde erneut nur mit mir geschimpft. Die kleine Dosenöffnerin machte Muffins aus Knete. Keine Ahnung, was das ist, aber sie fand sie toll und sie sahen wirklich lecker aus. Als Krümel auf den Boden fielen, rannte ich, ohne viel darüber nachzudenken, unter den Tisch und futterte sie so schnell ich konnte auf.

Ich kann Euch nicht mehr sagen, wie es geschmeckt hat. Ich wollte nur meinen Magen füllen und was die kleine Dosenöffnerin gut findet, kann nicht verkehrt sein! Kaum sahen mich die großen Dosenöffner, schimpften sie mit einem barschen Ton mit mir und fegten alle Reste weg, um sie in den Müll zu werfen. In den Müll! Meine letzte Hoffnung, welch Desillusion!

#Nikolaus #außerAtem #Sport

Ich sehe eure verwunderten Blicke. Puh. Nikolaus ist schon einige Zeit vorbei und Weihnachten steht vor der Tür. Puh. Der Nikolaus hatte mich nicht, wie vermutet, vergessen, sondern die Dosenöffner hatten nur vergessen, mir sein Geschenk zu übergeben. Das ist typisch! Wenn die einmal etwas richtig hinbekommen, dann mache ich drei Kreuze. Aber: Besser spät als nie! Puh. Fachpersonal ist echt schwierig zu finden…

Ich bin ganz schön außer Puste. Puh. Und muss erst einmal eine Runde schlafen, aber davor wollte ich Euch von den schönen Ereignissen berichten. Das ist bei mir nicht so oft der Fall. Puh. Meistens sieht alles ziemlich schwarz aus, so schwarz wie mein Fell.

Die letzten zwei Stunden habe ich mich sportlich betätigt! Denn sie hatten für mich einen tollen Stab mit bunten Federn dran als Spielzeug. Puh. Und es war sehr lustig, aber auch anstrengend, ihm immer hinterher zu rennen. Ich fühlte mich wie ein junger Kater und bin von einer Seite zur anderen im Zimmer gedüst. Puh. Das hat Spaß gemacht. Puh. Ein bisschen schwierig war nur, dass die kleine Dosenöffnerin immer ausgerastet ist, wenn ich die Federn im Maul hatte und sie nicht mehr loslassen wollte. Das fand sie nicht lustig. Aber dafür sind sie doch gerade da! Puh.

Ich hoffe, dass es für diesen Kampfgeist eine extra Portion Trockenfutter gibt. Puh. Sonst muss ich mindestens zwei Tage auf dem Bett liegen und Energie sparen. Puh.

Weihnachten steht ja bald vor der Tür. Spätestens zu Ostern kann ich euch wahrscheinlich von meinem verspäteten Weihnachtsgeschenk berichten. Puh.

#Rückblick #2021 Der Kater hat das #letzteWort

2021 war mies – Generell, aber vor allem beim Blick auf die letzte Woche!

Jeder bekommt hier Essen, um die Weihnachtszeit sogar mehr. Außer mir! Die Perserdame bekommt sogar separat von mir Futter, da wäre angeblich ein Medikament drinnen, welches ich nicht fressen sollte… Klar, sie wollen sie bloß mästen und mich hungern lassen. Selbst der Weihnachtsmann, wer auch immer das sein soll, bekommt Kekse, dabei bringt der beim Geschenke ablegen sogar Dreck ins Haus (natürlich war für mich nichts dabei…). Zudem wurde auf die Kekse ein Teller gelegt, damit ich sie nicht futtern konnte! Und drei Mal könnt ihr raten, wer sie gegessen hat: Die Dosenöffner! Ich habe sie fassungslos dabei beobachtet.

Und wenn ihr glaubt, das wäre alles gewesen, dann täuscht ihr euch! Ich bin einiges gewöhnt, aber das war die Höhe! Ein Mordattentat wurde auf mich verübt, während ich schlief. Feiger geht es nicht! Ihr glaubt, ich übertreibe? Mein Popo tut mir immer noch weh, der des Dosenöffners ihm hoffentlich auch. Er setzte sich einfach im Dunkeln auf mich. Ich konnte gerade noch verhindern, dass ich flach wie eine Flunder ende, indem ich seinem Popo mit meinen Krallen eine verpasste. Da springt er selbst nach einer großen Weihnachtsmahlzeit wie eine

Gazelle davon! Wäre es nicht so ein schlimmes Erlebnis gewesen, dann hätte ich über diesen Anblick gelacht!

Und ja, es war dunkel, ja, ich lag auf seiner Bettseite und ja, es war spät. Aber Entschuldigung, das darf nicht passieren! Das war volle Absicht und geplant! Ich werde noch mehr aufpassen müssen. Da mein Körper nun die Kalorienzahl heruntergefahren hat und ich mit weniger Essen auskomme – wenn auch nicht gut! –, versuchen sie mich auf andere Art und Weise loszuwerden und es wie einen Unfall aussehen zu lassen. Falls ihr eines Tages nichts mehr von mir hört, dann wisst ihr: Es war kein Unfall!

ABER: 2022 kann nur besser werden! Schlimmer geht nicht mehr! Vorsätze für das kommende Jahr habe ich bereits: wachsamer zu sein und weniger fest zu schlafen, dafür mehr zu futtern.

#King Carlo
–
Oder in meiner Muttersprache: el #Rey Carlo

2022 beginnt gut! Ich habe ihren wunden Punkt gefunden! Nun bin ich allmächtig – miau, miau! Nennt mich Carlo, der König! Carlo, der Unbesiegbare!

Wie das gekommen ist? Im neuen Jahr musste ich gleich wieder deutlich machen, wo mein Platz im Bett ist – in meinem Bett, auch wenn sie tun, als wäre es ihres. Also legte ich mich mit der Dosenöffnerin zum Schlafen zwischen die Kissen, bevor der Dosenöffner aus der Dusche kam, um sich dazu zu legen. Natürlich versuchte er, das von mir eingenommene Kissen zurückzubekommen. Das fand ich aber alles andere als lustig. Also begann ich mich krampfhaft am Bettbezug festzukrallen und laut zu schreien. Und es hat funktioniert!

Sie entgegnete ihm sofort harsch: „Lass ihn bitte, bevor er das Baby weckt!" Er versuchte es trotzdem noch ein paar Mal, aber ich wehrte mich – nun nicht mehr verzweifelt, sondern vor Selbstbewusstsein strotzend, wissend, dass ich der Gewinner in diesem Spiel war – mit lautem Katzenjammer und sie schimpfte leise mit ihm. Ja, das Baby! Ich habe schon immer gewusst, dass die kleinen Dosenöffner der Schlüssel zum Glück sind.

Trotzdem ist hier wieder ihre Doppelmoral ersichtlich. Wisst ihr wie oft mich der kleine Dosenöffner schon geweckt hat, indem er plötzlich schreit und ich von meinem Kissen weichen muss, damit er neben wohlgemerkt meiner Dosenöffnerin liegen und futtern kann. Wenn ich am Morgen schimpfe, weil ich am Verhungern bin, dann schließen sie die Tür, um mein Leid nicht mehr zu hören, aus den Augen aus dem Sinn ist dabei ihr Motto. Kurz später versuchen mir Schuldgefühle einzureden, indem sie behaupten, ich würde den kleinen Dosenöffner wecken und das mein Verhalten gar nicht nett wäre. Gar nicht nett ist, dass ihr mich verhungern lasst, aber das will niemand hören! Mit mir wird in meiner großen Not geschimpft und er bekommt Futter und Streicheleinheiten für das gleiche Verhalten… Pffft!

Aber zurück zu meiner guten Nacht. Ich habe in ihrem Arm unter der Decke geschlafen, bis ich gegen Morgen wegen des kleinen Dosenöffners an das Fußende wandern musste. Und der Dosenöffner lag am Bettrand, manchmal habe ich versucht ihn mit meinem Hintern aus dem Bett zu schieben, als Rache für sein unverschämtes Verhalten zu Beginn der Nacht. Das war leider erfolglos. Da hatte er dieses Mal Glück. Beim nächsten Mal sieht das anders aus.

Trotzdem geht die harte Arbeit weiter, denn ich ruhe mich nicht auf meinen Mäusen aus.

#Lernen von #Kinder

Die kleinen Dosenöffner müssen noch so viel lernen. So lernt der kleine Kerl momentan, wie man bei einer Katze am besten „ai" macht, so nennt die große Dosenöffnerin es zumindest, wenn sie mich zusammen streicheln. Ich mach da immer eine Zeit mit, ich möchte ja, dass er lernt, wie er einen Kater verwöhnen kann und deswegen muss ich ihm da ein guter Lehrer sein. Aber wenn es mir zu wild und zu grob wird, dann schimpfe ich auch und die Dosenöffnerin nimmt ihn dann schnell an sich und sagt: „Jetzt müssen wir Carlo aber ein bisschen in Ruhe lassen!" Er wird bestimmt eines Tages ein guter Schwarzer-Kater-Streichler.

Aber nicht nur deswegen muss ich mich an ihn halten, sondern auch weil er schon mit seinen wenigen Monaten weiß, wie man zeigt, dass man der Chef in diesem Haus ist. Ich finde das faszinierend! Er ist der Einzige, der es hier wagt, der Perserdame eine Ansage zu machen. Während sie entspannt und ruhig auf dem Boden liegt, krabbelt er von hinten schnell und leise zu ihr – wenn er so weiter macht, dann kann ich ihn mit auf Mäusejagd nehmen. Bei ihr angekommen, schaut er sie interessiert an, bis auch sie ihn bemerkt. Angst zeigt sich in ihren Augen und sie verbleibt in Schockstarre. Erst streichelt er sie etwas härter und dann haut er vor ihrem Gesicht mit der Hand laut und fest auf den Boden. Ich glaube, er möchte ihr damit sagen: „Wenn du nicht machst, was ich möchte, dann zerquetsche ich dich mit meiner kleinen Patschhand, die ich vorher abgeleckt habe!" Die Perserkatze, voller Angst um ihr Leben und ihr frisch geputztes Fell, löst sich aus ihrer Erstarrung, ergreift die Flucht und er hat sein Territorium gesichert. Wow, ich bin beeindruckt! Ich wünschte, ich hätte auch so kleine Hände voller Babyspucke, mit denen ich ihr so schön drohen könnte, damit sie alles macht, was ich möchte.

Man kann etwas lernen von den Kleinen! Ich hoffe, das macht er demnächst noch einmal, wenn sie mir gerade an meinem Popo riecht, während ich versuche mein Futter zu fressen. Dann wäre ich ihm für ewig dankbar!

Endlich habe ich einen Verbündeten gefunden.

#Liebesbekundungen #harteSchaleweicherKern

Die Überschrift verwirrt euch, mich auch. Aber auch wenn ich immer auf harten Kater tue, habe ich doch einen weichen Kern. Und so lege ich mich manchmal zu der Dosenöffnerin unter die Decke und kuschle mich an sie. Das findet der große Dosenöffner nicht lustig, da es ihn stört, dass ich zwischen ihnen liege. Auf einen so tollen schwarzen Kater wie mich kann man nur eifersüchtig sein als primitiver Dosenöffner. Das verstehe ich voll und ganz. Er war zuerst da, aber die schwarzen Kater waren vor ihm in der Familie, also haben sie mehr Rechte als er. Ganz einfach!

Er findet es auch nicht lustig, wenn ich mich auf sein Kissen lege, während er sich noch die Zähne putzt. Wenn er kommt, drückt er mich immer weg. Unverschämt! Trotzdem lasse ich mit mir reden. Ich bin ziemlich gutmütig. Also lege ich mich zwischen die Köpfe der zwei Dosenöffner, aber er lässt sich auf nichts ein und ist immer noch genervt. Um ihn völlig zur Weißglut zu bringen – ich kann auch anders –, zeige ich ihm meine Freude über diesen tollen Platz und fange intensiv an zu Schnurren.

Es ist wissenschaftlich bewiesen, dass das Schnurren eines schwarzen Katers das Wohlbefinden eines jeden Lebewesens steigert und die Gesundheit verbessert. Es kann also nicht sein, dass ihn nachts um zwölf Uhr mein lautstarkes Schnurren neben seinem Kopf stört. Daher ist es wohl der Neid, der da aus ihm spricht. Anders kann ich mir sein Verhalten nicht erklären. Wahrscheinlich würde er auch gerne so gut schnurren wie ich und mein Platz ist halt der Beste! Und wenn ich ihn dabei ausversehen anniese, schubst er mich einfach aus dem Bett, während meiner Liebesbekundung… Ich kehre wohl besser zu meinem Katzenjammer zurück, egal, wie man es macht, man macht es falsch!

Zudem behauptet er immer, wenn ich zwischen ihnen liege, ich würde ihm zu laut ins Gesicht atmen. Habt ihr einmal diese Menschen beim Schlafen atmen gehört? Das ist viel schlimmer und ich rege mich auch nicht auf. Er übertreibt ziemlich. Und als ob das nicht schon genug der Unterstellungen wäre, behauptet er auch noch, ich würde schnarchen. Das macht mich sprachlos!

#Kinderbetreuung #gesichert
und ein bisschen #Katzenliebe am #Valentinstag

Ich habe bereits öfters dargelegt, dass ich mich gerne und regelmäßig in diesem Haushalt einbringe. Auch wenn sie es nicht zu schätzen wissen. Wie das aussieht? Ganz unterschiedlich! Ich bin ein durch und durch kreativer Kinderbetreuer.

Wenn die Kleinen krank sind, dann lege ich mich zwischen sie. Nichts hilft besser gegen Krankheit als ein warmer, schnurrender Kater neben sich. Gegen Kopfschmerzen helfen liebevolle Katzenkopfnüsse, die ich regelmäßig an die Kleinen, aber im Notfall auch an die Großen verteile. Dabei schnurre ich ihnen laut ins Ohr. Manchmal niese ich ihnen auch ins Gesicht – liegt das an meiner Menschenhautallergie? Aber das passiert wirklich nicht häufig! Ich weiß auch nicht, warum sie das immer betonen, anstelle meines Engagements für die Familie? Immer das Negative in den Fokus stellen, das ist eine typische Charaktereigenschaft der Dosenöffner.

Und auch wenn die Dosenöffner wieder beschäftigt sind mit diesem angeblichen Homeoffice, ich glaube ja, dass sie vor diesen viereckigen Geräten schlafen… Auf mich ist immer Verlass! Ich sitze gerne im Laufstall und übernehme die große Verantwortung der Kinderbetreuung – ja, Kater-Nanny kann ich auch. Das bedeutet, ich lege mich gemütlich neben den kleinen Dosenöffner und akzeptiere es in seinem Entdeckungstrieb am Schwanz gezogen zu werden. Aber nur einmal.

Ich bin wirklich ein lieber! Auch wenn ich ihn ab und an mit einem lauten Maunzen zurechtweisen muss, aber so geht eben Erziehung! Er muss noch deutlich älter werden und mir regelmäßig Futter geben, damit wir hier von Beziehung reden können. Doch das bekomme ich auch noch hin. Ich schlafe schon regelmäßig auf pädagogischen Ratgebern oder der kleinen Dosenöffnerin, um mich fortzubilden. Das kann ich nur empfehlen. Da braucht mancher Dosenöffner ein Katzenleben, um das alles zu verstehen, mir reicht eine Nacht auf der Lektüre und ich setze alles im Alltag um.

#Urlaubserinnerungen

Auch wenn es für mich unverständlich ist, meine Dosenöffnerin bekam die letzten Monate, in denen #CoronaDuHund unterwegs war, immer wieder Fernweh. Ich war ja froh, dass es hier ruhig war. Und von Reisen halte ich sowieso nicht viel. Eine große Reise habe ich bereits in meinem Leben gemacht, von Spanien nach Deutschland, und die fand ich alles andere als unterhaltsam. Und einmal hatten sie die Schnapsidee mich in den Urlaub mitzunehmen, da sie einen Tapetenwechsel brauchten aufgrund einiger unerfreulichen Geschehnisse.

Schon der Weg dorthin war die absolute Katastrophe, aber in dem kleinen Wasserschloss, wo ich wohnen durfte – Haustiere waren erlaubt, auch wenn die Gastgeber eher mit einem Hund gerechnet hatten als mit einem schwarzen Kater –, fühlte ich mich wohl. Man hatte eine tolle Aussicht von einem bequemen Kissen aus dem Fenster und abends teilte ich mir ein königliches Bett mit den Dosenöffnern. Trotzdem: Urlaub – oder noch schlimmer: Die Katzenpension – ist nicht so mein Ding.

Zurück zum Thema: Die Dosenöffnerin verbrachte in letzter Zeit vermehrt Zeit hinter diesem viereckigen Gerät, Laptop nennt sie das, und auch wenn ich das vermutete, schlief sie scheinbar nicht... Sondern schwelgte in Reiseerinnerungen. Und was kam dabei raus? Ein Reisetagebuch über Indien ... So etwas nennen sie produktiv? Dass ich nicht lache! In der Zeit hätte ich eine, nein hunderte ganze Mäusefamilien fangen und ins Kinderzimmer setzen können, damit die kleinen Dosenöffner wichtige Lebenserfahrungen machen und etwas Sinnvolles lernt.

Nachtrag: Weil sie sich mit so sinnlosen Themen beschäftigte, musstet ihr leider auf dieses Buch so lange warten, aber ein Glück habt ihr es jetzt in der Hand.

#Dosenöffnerin #alleinZuhause

„Selbst ist der Kater", ist mein Motto und damit bin ich immer gut gefahren. Bei den Dosenöffnern ist das leider nicht so, seit #CoronaDuHund unterwegs ist, sitzen sie 24/7 aufeinander und alleine bekommen sie nichts mehr gebacken. Selbst meine riesige Unterstützung im Alltag, bringt da nicht viel. Sie sind im echten Leben draußen verloren!

Es ist also vor einigen Tagen passiert, ich musste mich erst wieder von dem Schock erholen, daher berichte ich erst jetzt davon. Der Dosenöffner war angeblich beruflich unterwegs. Ich vermute, er schläft dort auch, nur auf einem anderen Stuhl. Am nächsten Morgen wachte ich wie gewohnt mit der aufgehenden Sonne auf und trottete in die Küche, nichts erwartend, weil – auch wenn sie und die kleinen Dosenöffner schon länger wach waren – dort nicht zu viel zu erwarten ist. Und da stand wahrhaftig mein Frühstück. Ich war so verblüfft, dass ich erst daran riechen musste, um sicher zu stellen, dass es wirklich mein Frühstück ist und nicht irgendetwas anderes. Eigentlich konnte das nur ein Irrtum sein! War es jedoch nicht und der Tag startete wunderbar. Ich dachte, dass es ein guter Tag werden würde, doch ich täuschte mich gewaltig.

So, wie sich das Frühstück verfrühte, so verspätete sich das Abendessen. Ist das eine neue Katerfoltermethode? Und plötzlich wurden aus den acht unerträglichen Stunden zwölf. Ein Leben! Ich wäre fast verhungert und war so geschwächt, dass ich dachte, nicht mehr vom Stuhl aufstehen zu können. Selbst das Kauen mit meinen wenig verbliebenen Zähnen fiel mir schwer und ich schluckte hastig alles herunter. Und auch am nächsten Tag kam nichts zu der erwarteten Zeit und sie machten mit diesen exotischen Uhrzeiten weiter. So vergingen drei Tage zwischen immer wieder Hoffen und schlimmem Hunger. Fehlende Routine ist ein Albtraum. Ich war verwundert, dass sie nicht plötzlich tagsüber schliefen und nachts wach waren.... Alleine sind die wirklich noch nutzloser als zu zweit. Gott sei Dank, ist jetzt alles wieder beim Alten. In so Momenten lernt man seine Routine zu schätzen.

Ich überlege übrigens einen Schwerbehindertenausweis zu beantragen, dann dürfen sie sich so etwas nicht mehr erlauben... Als hungriger Kater sollte ich diesen schnell bekommen, mein Hunger schränkt mich nämlich deutlich im alltäglichen Leben ein. Aber das Tippen am Laptop zur Beantragung fällt mir schwer, dafür sind die Pfoten zu dick... Das ist auf jeden Fall ein Langzeitprojekt, welches ich in nächster Zeit ins Auge fasse.

#LebenmitKindern #noteasy

Mit den zwei kleinen Dosenöffnern ist es unterhaltsam. Er ist schon groß geworden – sie wachsen so schnell - und kann so einiges. Auch wenn es meiner Meinung nach keine gute Idee ist, stellte er sich bereits auf zwei Beine... Je größer sie werden, desto sinnlosere Sachen machen sie. Trotzdem ist es interessant, ihm dabei zuzusehen. Ich flüstere ihm ab und an von der Seite zu: „He, Kumpel, das ist unnötig! Lass das lieber, dann füttern sie dich weiter!", aber das scheint ihn nicht zu interessieren. Dabei ist das der Anfang vom Ende: So kann man keine Mäuse fangen!

Momentan findet er die Katzenklappe wahnsinnig spannend. Er schaut immer durch und hat Augen, als wäre die große, weite Welt hintendran. „Es ist nur das Treppenhaus!", zische ich ihm dann zu. Aber er ist total beeindruckt. Wie die Klappe funktioniert, hat er jedoch noch nicht verstanden. Statt der großen Freiheit klemmt er sich immer wieder seine Patschhändchen ein und es wird groß geschimpft: „De, de, de!"

Die große Dosenöffnerin rennt dann sofort. Ich sollte auch solche Laute von mir geben, vielleicht gibt es dann mehr Katzenfutter… Momentan muss er nachts immer auf ihr liegen, wenn ich das mache, wird geschimpft, ich wäre zu schwer und wäre schon groß und könnte alleine schlafen. Nein! Überhaupt nicht. Sie stellte fest, dass er wohl Zähne bekomme. Ich vermute, dass er jetzt mehr als ich hat und mir futtertechnisch überlegen ist. Trotzdem bekommt er immer noch Brei. Das ist nicht fair! Aber hier ist so einiges nicht in Ordnung und die Rangordnung sollte dringend besprochen werden.

Ach ja, und sie haben immer Angst, dass ich mich auf ihn setzen und er einen schlimmen Schaden davontragen könnte. Hallo, als ob ich mich auf meine Schutzbefohlenen setze? Ich muss jetzt erst einmal kräftig durchatmen, bevor ich Euch von den nächsten Ereignissen berichte!

#Albtraum #Baby

Das Leben mit Baby ist nicht immer traumhaft. Ich hatte euch bereits von ihren schwachsinnigen Befürchtungen erzählte. Ich gebe zu, ich liege gerne unter dem Kopf der Dosenöffnerin oder schlafe auf ihrem Hals, da ist es eben bequem und Kater hat den Zweibeiner unter Kontrolle… Aber ich würde mich niemals auf ein Baby legen. Ich bin ein Kater mit Ehrencodex! Abgesehen davon ist er mir viel zu unruhig, spuckt zu viel und eventuell futtert er plötzlich meine Pfote oder so, er steckt sich ja alles in den Mund. Wenn jemand unberechenbar ist, dann der kleine Dosenöffner, nicht ich.

In einem Moment der Unaufmerksamkeit passierte das, womit niemand gerechnet hatte. Nicht einmal ein weitsichtiger Kater wie ich. Gemütlich – nichts Böses ahnend – lag ich auf meinem Kissen in meinem Bett und der kleine Dosenöffner neben mir. Erst schlief er noch, aber dann wachte er auf und setzte sich in Bewegung und plötzlich rollte er unkontrolliert los und lag auf mir.

Alter Kater, ich bin froh, dass er mir nicht jeden Knochen in meinem Körper gebrochen hat. War das ein Katerattentat? Für so ein kleines Baby ist er ganz schön schwer. Sie geben ihm zu viel zu futtern. Er sollte auf Diät sein, nicht ich! Kaum ein Maunzen bekam ich vor Schreck aus meinem Maul und konnte meinen Körper trotz größter Anstrengungen nicht unter seinem dicken Babypopo herausziehen. Ein Glück kam die Dosenöffnerin vorbei und befreite mich aus dieser lebensbedrohlichen Situation – bestimmt, habe ich nun nur noch sechs Katzenleben.

Und wenn ihr glaubt, das wäre alles, dann täuscht ihr euch! Während er mich körperlich angegriffen hat, treibt die kleine Dosenöffnerin ein Psychospiel mit mir. Sie scheint nicht mit allzu viel Verstand gesegnet. Denn sie läuft manchmal auf allen Vieren durch die Wohnung und tut sich dabei wirklich schwer. Wer nicht auf vier Pfoten herumstolzieren kann, der wird nichts im Leben erreichen. Und dann miaut sie wahrhaftig. Was soll das? Sie erzählt nur Blödsinn! Und damit meine ich Sachen, die keine Katze niemals verstehen oder von sich geben würde. Jedes Miauen aus ihrem Mund macht gar keinen Sinn… Da tun einem schon die Ohren vom Zuhören weh. Macht sie sich über mich lustig? Will sie so sein wie ich?

Das Leben mit Kindern ist nicht einfach… Aber dass es so gefährlich für meine körperliche und mentale Unversehrtheit ist, war mir nicht bewusst.

#Menschenjammer #Katzenjammer

Egal, was ich mache, ich mache es falsch. Immer wird mit mir geschimpft und ich finde das nicht mehr lustig.

Ich hatte es endlich geschafft, den Dosenöffnern diese furchtbare Ankunft nach dem Urlaub zu verzeihen, nicht nachtragend zu sein und mich nachts wieder auf den Hals der Dosenöffnerin gelegt, um sie in den Schlaf zu schnurren und ihr ins Gesicht zu atmen. Da werde ich weggedrückt. Also, wenn hier jemand beleidigt sein kann, dann bin das wohl ich.

Und als ich gestern der Dosenöffnerin auf den Schoß sprang, da warf sie mich volle Kanne hinunter. Was soll das? Ja, vielleicht lag das Baby auch dort, aber Mensch, das wiegt mehr als ich, dem passiert schon nichts, wenn da ein schlanker, großer, schwarzer Kater draufspringt. Ich weiß auch nicht, warum die immer so überreagieren.

Apropos überreagieren, heute haben sie Rouladen gekocht, bei dem penetranten Fleischgeruch, bin ich völlig ausgerastet. Ich fing schon um vier Uhr an, ihnen mein Leid zu klagen, denn vielleicht vergessen sie die Fütterung um sechs. Und was machte sie da? Nahm mich auf den Arm, ich hoffte kurz, dass sie mich zu meinem Futternapf tragen und füttern würde… Falsch gedacht. Sie setzte mich vor die Wohnungstür und machte die Katzenklappe von draußen zu. Unverschämtheit!

Da musste ich auf der Treppe mit meinem Katzenjammer weitermachen, während die Perserdame mich süffisant anlächelte und auch noch an meinem Katzenpopo roch. Ich muss die Dosenöffner immer rechtszeitig an mein Futter erinnern, damit sie das nicht vergessen und dann so etwas? Dass meine innere Uhr bei dem Fleischgeruch nicht ganz richtig tickt, kann mir keiner verübeln.

Und nur eine bekommt hier immer, was sie möchte: Die Perserdame. Ja, sie ist eine Rassekatze, aber ganz ehrlich: Sie verhält sich nicht so. Scheinbar kommen jedoch nur die Schweine hier durch! Ja, sie ist alt, das ist aber keine Erklärung dafür, auf den Boden zu pinkeln, wenn einem etwas nicht passt, man nicht genug gekämmt wird oder das Essen zu spät kommt. Aber scheinbar wird das toleriert. Vielleicht pinkle ich heute Nacht auf den Badvorleger. Ich berichte euch von ihrer Reaktion und hoffentlich von einem vollen Futternapf. Wobei ich vermute, dass das bei mir, dem vom Pech verfolgten schwarzen Kater, wieder nachhinten losgeht… Wahrscheinlich behaupten sie dann ich sei ein Seniorkater und noch undicht dazu. Verletzende Worte, wie „Du Hund", fallen hier ja auch öfters…

#paradies #positivevibes #endlichGlück

Ich habe es nicht mehr für möglich gehalten, aber endlich hat der kleine Dosenöffner das Ruder an sich gerissen – Kinder regieren die Welt! Er kann noch nicht richtig laufen, aber weiß so viel mehr als die großen Dosenöffner. Was passiert ist? Ihr werdet es nicht glauben! Ich war im ersten Moment auch völlig erstarrt und konnte mein Glück gar nicht fassen.

Wieder einmal saß ich leidend in der Küche. Es war mindestens eine Minute nach sechs, das Essen weit und breit nicht zu sehen und die Dosenöffner mit anderen Dingen beschäftigt, mein Dahinsiechen ignorierend. Da krabbelt der kleine

Dosenöffner in die Küche. Zielstrebig bewegt er sich auf meine Futterschublade zu. Ich höre noch, wie die große Dosenöffnerin „Nein, nein!" ruft, da beschleunigt er seine Bewegung. Wissend, was gut und wichtig ist. Einen Moment später zieht er sich am Schrank hoch und öffnet ruckartig die Schublade. Ich glaube, meinen Augen nicht trauen zu können, als er die Trockenfuttermetalldose öffnet. Das erneute „Nein, nein!" der Dosenöffnerin höre ich gar nicht mehr.

Er greift geschwind und zielsicher in das Trockenfutter, je schneller sie zu ihm flitzt, desto schneller und sicherer sind seine Bewegungen. Und dann nimmt er es und wirft es um sich. Das war der Himmel auf Erden! Diät, was ist das? Er ist mein Held! Ich bekam mein Maul kaum voll genug. Wie im Rausch flitzte ich von einem Trockenfutterkorn zum nächsten, während die große Dosenöffnerin ihn wegzog und er immer wieder versuchte erneut in das Katzenfutter zu greifen. Klein, aber oho! Danach fasste sie ihn, er fing an zu schreien, wahrscheinlich weil er es ungerecht fand, dass sie mir mein Futter wieder wegnahm. So ein tolles Wesen! Hochleben die kleinen Dosenöffner! Ich werde ihn mit zahlreichen Stunden voller Schnurren meinen unendlichen Dank ausdrücken.

Kleiner Dosenöffner, ich unterstütze Dich, bitte übernehme die Weltherrschaft! Jetzt sofort!

#Frühlingsstimmung #harterKater #Angst

Letzt war die große Dosenöffnerin mit den kleinen Dosenöffnern im Garten, da kam der Nachbar – kein Dosenöffner, aber wie sich herausstellte ein toller Kerl – an den Nachbarszaun, um mit der kleinen Dosenöffnerin zu quatschen. Diese erzählte ganz stolz von mir, da ging mir das Katerherz auf, und fragte, ob sie denn auch einen Kater hätten. Was als nächstes kommt, da konnte die große Dosenöffnerin kaum ihren Ohren trauen und meine Brust schwoll vor Stolz an.

Er meinte, er würde sich keine Katze holen, ich wäre ein sehr dominanter Kater. Die Nachbarskatze traute sich nicht mehr aus dem Haus, wenn ich auf der Straße sei. Das sind schöne Worte voller Anerkennung. Es ging jedoch noch weiter: Er stellte fest, dass viele Nachbarn in unserer Straße Probleme mit einem frechen Mader haben, der ihre Autokabel zerbeißt, wir nicht. Dank mir! Ja, da weiß mich endlich jemand zu schätzen und spricht das auch noch mit so viel Hochachtung aus. Vielleicht sollte ich ins Nachbarhaus ziehen… Dort weiß man noch wie viel Arbeit, Kater nachts auf der Straße leistet.

Die Dosenöffnerin schaute erst verblüfft und gab dann auch zu, dass ich ein hart arbeitender und fleißiger Kater bin. Den darauffolgenden Zusatz hätte sie sich jedoch sparen können… „Wir haben auch mitbekommen, dass Carlo draußen ganz schön verschlagen ist und keiner Auseinandersetzung aus dem Weg geht. Aber…" ABER was?! „…nachts muss er immer in meinem Arm schlafen."

Ein Satz, und mein Ruf ist ruiniert. Warum hat sie das nicht so stehen lassen können? Hoffentlich hat das keine Nachbarskatze gehört! Ja, ich bin ein Kuschelkater, aber muss sie das so herausposaunen? Und das nach diesen respektvollen Worten des Nachbars? Was denkt er jetzt von mir? Erzählt er demnächst vielleicht herum, dass ich ein liebesbedürftiger Softie bin? Wenn sich das herumspricht, dann muss ich den ganzen Katzen und Madern wieder zeigen, wer hier der Boss ist…

Ich sehe schon, da kommt viel Arbeit auf mich zu! Ein Satz und viele arbeitsreiche Monate sind dahin… Sonderlich klug sind die Dosenöffner nicht und mir wird in nächster Zeit öfter die Pfote ausrutschen, um meine Wut zu kompensieren.

#Herbsterkältung #Spielverderber

Wie ihr aus meinen Erzählungen bereits wisst, ist das Leben mit den Dosenöffnern kein Zuckerschlecken. Die letzten Tage waren sie krank, da war völliger Ausnahmezustand. Ich war froh, dass sie mein Essen nicht vergessen hatten und das obwohl ich mich aufopfernd mit viel Schnurren für ihre Genesung einsetzte. Auch wenn ich ihr Verhalten ehrlich gesagt übertrieben finde… Ich war noch nie krank und gehe jeden Morgen, egal bei welchem Wetter (außer wenn es viel zu kalt oder zu heiß ist) draußen meine Arbeit verrichten und sie schaffen es nicht einmal, sich vom Bett zum Weiterschlafen auf den Stuhl zu bewegen, ‚Homeoffice' schimpft sich dieses träge Verhalten.

Genug davon! Denn das war nicht alles. Auch sonst gibt es wieder viel zu klagen: Die Verhaltensweisen der kleinen Dosenöffner sind in letzter Zeit nicht immer nachvollziehbar. Wir könnten hier alle so viel Spaß haben. Aber das scheint sie nicht zu interessieren.

Befremdlich ist zum Beispiel die Reaktion der kleinen Dosenöffnerin, wenn man mit ihren Bällen oder Duplo-Steinen spielt, die überall herumliegen. Mir macht es echt Spaß, das Kinderspielzeug durch die Gegend zu schießen. Es fühlt sich manchmal an, als würde ich eine Maus jagen. Aber nicht lange, denn kaum sieht sie, dass das Spielzeug durch das Zimmer fliegt, werde ich ausgeschimpft. Könnt Ihr Euch das vorstellen? Ich, der hart arbeitende Kater, gönne mir eine ruhige und unterhaltsame Minute und dann so etwas. Das ist nicht lustig!

Sie behauptet sogar, ich würde ihre Häuser kaputt machen. Hallo? Das sind bunte Steine. Das ist sehr primitives Verhalten und kein logisches Denken, was sie da an den Tag legt. Diese Steine sind dafür da, dass Kater sie durch die Wohnung schießt. Wie kann man so wenig Spaß verstehen und dass obwohl sie noch so klein und verspielt ist. Ich weiß schon, warum ich mir selbst keine Kitten zugelegt habe und falls ich welche hätte, würde ich sie von der Katzendame erziehen lassen, mir reicht schon der ganze Stress in diesem Haus.

Und wenn es ganz schlecht läuft und die kleine Dosenöffnerin nicht aufhört zu schreien, dann nimmt die große Dosenöffnerin mir den Stein noch weg, damit wir uns nicht streiten. „Möge sie nachts im Dunklen barfuß drauftreten! Das macht so lustige Geräusche." Das denke ich natürlich nur... Aber würde das passieren, würde sie mir doch danken, wenn ich die Steine vorher in die Ecke gekickt hätte.

#unerhöhrteBegebenheiten
#derkleineDosenöffnerübernimmtdasKommando

Eigentlich dachte ich, dass es futtertechnisch nicht schlimmer kommen könnte. Doch ich lag falsch: Ich habe mich getäuscht und könnte fassungsloser nicht sein.

Der kleine Dosenöffner bedient sich an meinem Futter. Ihr habt richtig gehört. Er, der rund um die Uhr etwas zu essen bekommt, klaut mir, während ich alles, so schnell ich nur kann, herunterschlinge, um nicht zu verhungern, die Trockenfutterkörner. Dabei ist er sehr gewitzt, stellt mir das Futter in seinen Schoß und legt mir immer wieder Körner hin, aber wenn ich mich dann draufstürze, stelle ich fest, dass plötzlich eines fehlt und höre, wie es in seinem Mund knirscht und knackt. Ich bezweifle ja, dass er jetzt die gefährliche Arbeit eines Vorkosters übernimmt. Viel eher glaubt er, er wäre allmächtig, und bindet mir gleichzeitig subtil unter die Nase, dass er nun schon acht Zähne hat, während ich mein Futter wie eine Ente herunterschlingen muss, da ich nicht mehr richtig kauen kann…. Ist das ein kleiner Junge oder ein böser Hund im Jungenpelz? Ich bin sprachlos!

Andererseits sortiert er mir auch besorgt das Trockenfutter wieder in den Napf, welches beim Schlingen herausfällt, damit ich es noch essen kann und kein Korn aus dem Auge verliere oder vergesse. Ich weiß nicht, ob er das macht, um mich zu ködern oder mich wieder auf seine Seite zu ziehen. Ich denke dann immer wieder, dass er mir vielleicht doch positiv gesinnt ist und plötzlich passiert etwas Schreckliches wie gestern.

Ich bin am Fressen und mir fällt völlig unerwartet etwas auf den Kopf. Ich dachte kurz, es wäre der Himmel und mein letztes Katzenleben wäre gezählt. Aber nein, mich hatte ‚nur' eine Nassfuttertüte – Gott sei Dank war es keine Dose! – am Kopf erwischt. Wie das passieren konnte? Der Übeltäter war schnell ausgemacht. Der kleine Dosenöffner! Und ich konnte mich noch rechtzeitig ducken, bevor noch weitere Futtertüten auf meinen Kopf fielen.

Es ist wirklich nett, dass er in letzter Zeit immer an mein Futter denkt. Aber wie bitte soll ich diese Tüten mit meinen Pfoten öffnen? Ist er nur gutmütig und nicht der Hellste kleine Dosenöffner – dabei haben sie, wie ihr Name es schon sagt, eigentlich nur diese eine Aufgabe, Futterdosen bzw. -beutel zu öffnen, und selbst das bekommen sie nicht hin… – oder ist das eine perverse Foltermethode und er ist der Schlimmste von allen? Vielleicht möchte er auch nur, dass ich ihm den Futterbeutel mit meinen scharfen Krallen öffne, Dosenöffner sind ja auch in diesem Bereich eingeschränkt, da sie nicht einmal Krallen besitzen. Ich versuche positiv zudenken, trotzdem bin ich etwas ratlos.

Falls ihr einige Zeit nichts von mir hört, dann hat mich wohl so eine Nassfuttertüte außer Gefecht gesetzt.

VIER

#LEBEN MIT DER #PERSERDAME

Kommentar des Katers:

Wenn ihr glaubt, dass das Leben als Katzenpapa der kleinen Dosenöffner und der Alltag mit den großen Dosenöffnern und ihren sonderbaren Eigenheiten schwer genug wäre, dann habe ich noch nicht genug von der Perserdame berichtet.

Sie ist eine sehr anspruchsvolle und anstrengende Mitbewohnerin, auch wenn wir ab und an überraschend schöne Momente haben.

#intimeMomente

Ihr wisst ja, dass die Perserdame und ich manchmal ein bisschen miteinander auf Kriegsfuß stehen. Und trotzdem gibt es auch in unserem Alltag angenehme Momente der Zweisamkeit. Wir versuchen diese natürlich so gut wie möglich vor unseren Dosenöffnern geheim zu halten, aber nicht immer gelingt das. Manchmal legt man sich nur spontan zu zweit auf das Bett, um ein kleines Mittagsschläfchen von vier bis fünf Stunden zuhalten, da stehen sie unerwartet im Schlafzimmer, schauen einen lachend an und machen tausend Fotos, die sie ihren Freunden schicken. Privatsphäre gibt es hier nicht mehr. Aber sich empört beim Schlafen wegdrehen, wenn man ihnen beim Beobachten ihres Schlafes, direkt vor ihrem Gesicht sitzend, ausversehen in das selbige niest. Hier wird mit zweierlei Maß gemessen, was für uns und sämtliche Nachbarskatzen nicht nachvollziehbar ist. Auch wenn die Perserdame häufig andere Bedürfnisse hat als ich, so ist sie auch meine Leidensgenossin im komplizierten Zusammenleben mit diesen menschlichen Wesen.

Gestern hatten wir beide wieder so einen Moment. Ich tue immer so, als würde ich es nicht merken, wenn sie sich an mich heranschleicht. Dabei höre ich ihr leises Tapsen schon, wenn sie im Treppenhaus die Treppe runterkommt. Sie springt sachte auf das Bett, läuft stolz an mir vorbei, schüttelt noch ein paar Mal ihr prächtiges Haar und setzt sich so, dass ich sie – würde ich meine Augen öffnen – sofort sehen müsste. Dann höre ich, wie sie sich langsam putzt und dabei schnurrt. Das tut sie absichtlich, um meine Aufmerksamkeit zu erregen. Ich gebe währenddessen immer noch vor zu schlafen. Erst wenn sie sich vor mich legt und ich höre, dass sie langsamer atmet, schiele ich leicht zu ihr. Ja, sie ist eine Perserkatze und häufig sehr kompliziert und anstrengend, aber ich lebe doch gerne mit ihr zusammen und ich glaube, sie auch mit mir.

Erzählt das keinem weiter, auf keinem Fall den Dosenöffnern!

#PerserkatzeinGefahr #Katerheld

Der November ist ein besonders düsterer Monat und die Traurigkeit, die ihm innewohnt, ist auch nicht an diesem Haushalt vorbeigegangen. Das Schlimme ist, dass man einer Katze nicht immer ansehen kann, dass sie sich in einem Stimmungstief befindet. Die Perserkatze trägt – wie ich – immer schwarz. An manchen Tagen wie heute erscheint ihr Schwarz jedoch noch dunkler als sonst, aber vielleicht bilde ich mir das aufgrund der neusten Vorfälle nur ein. Generell ist ihr Verhalten schwer zu deuten, da sie völlig anders als ich ist und vieles, was sie macht, für mich nicht nachvollziehbar erscheint. Trotzdem hat es mir geholfen, achtsam zu sein! Denn auch eine Perserkatze hat Gefühle und Emotionen, selbst wenn sie häufig kühl und distanziert wirkt.

Die Dosenöffner waren die letzten Tage nicht so aufmerksam, sie sind immer so gestresst wegen #CoronaDuHund und ihrer ‚Arbeit'. Auf jeden Fall sind sie heute wie jede Woche flink durch die Wohnung gedüst, um alle unsere mit viel Anstrengung verteilten Haare aufzuwischen und überall dieses übelriechende Wasser auf dem Boden zu verteilen – Wochenputz heißt dieses abartig Verhalten in ihrer Sprache.

Ich lag auf dem Bett, versuchte den Gestank zu ignorieren und döste vor mich hin. Da sah ich, wie sich die Perserkatze immer wieder an den Putzeimer schlich. Es war mir sofort klar, sie führte etwas im Schilde. Aber was? Sie wurde jedes

Mal von ihrem Plan, den ich noch nicht verstand, unabsichtlich abgehalten, da die Dosenöffner zurückkamen, um diesen furchtbaren Wischmopp, der einem nur Angst und Schrecken einjagen kann, wieder in das übelriechende Wasser zu tunken.

Doch irgendwann gelang es ihr nahe beim Eimer zu sein und ihre Nase in das bereits dunkle und übelriechende Wasser zu strecken und sie begann zu trinken. Im ersten Moment war ich völlig verblüfft, aber dann fiel es mir wie Schuppen von den Augen: Sie wollte ihrem tristen Leben, das hauptsächlich aus bewusstem Alleinsein und dem permanenten Beobachten des elektrischen Rasenmähers des Nachbarn, besteht, ein Ende setzen. Ich sprang sofort auf, rannte zum Eimer und haute ihr mit meiner Pfote eine runter. Sie schaute mich perplex an und fauchte laut in meine Richtung. Da waren natürlich auch die Dosenöffner wieder aufmerksam und motzten mich von der Seite an: „Lass bitte unsere Perserdame in Ruhe, Carlo!"

Man bekommt es nicht immer gedankt, wenn man Gutes tut. So ist das als Held von Beruf. Trotzdem würde ich es immer wieder machen, denn egal, wie nervig sie ist, irgendwie habe ich die alte Perserkatze liebgewonnen.

#Perserkatze #Plan

Es ist verdächtig, was die letzten Tage in diesem Haus passiert. Ich frage mich, ob ich etwas nicht mitbekommen habe oder ob die Perserdame etwas im Schilde führt. Zuzutrauen wäre es ihr ja.

Wie ich daraufkomme? Sie ist plötzlich viel geselliger und verbringt mehr Zeit mit den Dosenöffnern, obwohl sie sich sonst lieber getrennt von ihnen aufhält. Vor der kleinen Dosenöffnerin rennt sie nicht mehr permanent weg, liegt öfters in wohlgemerkt meinem Bett und lässt sich wahrhaftig kraulen. Manchmal wirft sie sich richtig vor den anderen Dosenöffnern auf den Boden und zeigt sogar ihren Bauch, um dort gestreichelt zu werden. Das ist meine Masche, um Aufmerksamkeit zu bekommen. Was plant sie? Und warum verwendet sie meine Tricks?

Noch eindeutiger ist ihr aktuelles Bemühen um Hygiene. Vielleicht ist das bei einer Katze schwer vorzustellen, weil wir dafür bekannt sind, uns zu pflegen und reinlich zu sein. Sie macht das auch, zumindest mit ihrem Fell. Sonst jedoch nicht so. Bevor sie hierherkam, hatte sie laut den Dosenöffnern kein einfaches Leben, daher entschuldigen sie häufig ihr unmögliches Verhalten damit.

Aber ganz ehrlich: Bei mir war es auch nicht immer einfach und trotzdem vergesse ich nicht meine gute Katerstube und werde unhygienisch. Ihr wisst ja, dass die Perser,dame' dazu neigt ihr Geschäft, ob klein oder groß, regelmäßig vor der Katzentoilette oder im Flur zu hinterlassen. Aber in letzter Zeit sehe ich öfters, wie sie sich durch die Katzenklappe in die Toilette der Dosenöffner drückt und sich tatsächlich in ihr Katzenstreu setzt. Eingebuddelt wird hier natürlich gar nichts, doch auch dieser auf den ersten Blick sehr kleine Schritt, ist für uns eine große Sache. Ich bin wirklich froh, mich nicht regelmäßig um ihr Geschäft herum zu drücken, wenn ich nach draußen möchte. Trotzdem irritiert mich das sehr. Was bezweckt sie mit diesem neuen Verhalten? Vielleicht hat einer von euch schon eine solche Wesensveränderung erlebt und kann mir davon berichten. Sie wird doch nicht auf ihre alten Tage noch stubenrein? Das würde einem Wunder gleichen.

Manch ein frecher Vogel hat mir gezwitschert, dass sie Frühlingsgefühle hätte und mir so imponieren möchte. Aber wer so etwas erzählt, dem verpasse ich lieber eine mit meiner Tatze! Die Perserdame und ich? Niemals!

Ich bin ziemlich ratlos.

#Besuch #Angst #starkerKater

Vor wenigen Tagen bekam die kleine Dosenöffnerin Besuch. Ich war natürlich interessiert, zudem bin ich der Meinung wissen zu müssen, wer in mein Haus kommt und wer mit meinem Kind Kontakt aufnimmt. Ob die Dosenöffner so gut einschätzen können, wer gut für uns ist oder nicht, traue ich ihnen nicht zu. Sie rennen ja immer noch vor #CoronaDu-Hund davon und bleiben fast den ganzen Tag in ihren vier Wänden sitzen, obwohl ich ihn bisher immer noch nicht gesehen habe… Um weiter verantwortungsvoll zu handeln, muss ich also die wichtigen Dinge alleine regeln. Diese menschlichen Wesen können das nicht. Da werdet ihr mir bestimmt zustimmen.

Auf jeden Fall hatte die kleine Dosenöffnerin sehr lauten Besuch. Ich ertrage viel Lautstärke, aber das war selbst für mich gewöhnungsbedürftig. Trotzdem ging ich meiner Arbeit weiterhin pflichtbewusst nach und blieb vor Ort. Die Perserkatze drückt sich generell vor den wichtigen Arbeiten und auch an diesem Tag versteckte sie sich unter dem Bett der Dosenöffner, statt mir zu helfen. Auf Unterstützung durch eine andere Katze konnte ich also nicht hoffen. Das war mir aber schon vor dem überraschenden Besuch klar.

Nur einmal rannte sie, ich weiß ehrlich gesagt gar nicht warum, am Zimmer der kleinen Dosenöffnerin vorbei. Und da passierte Unerwartetes. Das kleine Mädchen, welches die ganze Zeit wild und laut durch das Zimmer rannte, blieb plötzlich stehen und begann fürchterlich zu weinen.

Ich war so erschrocken und verwirrt, dass ich gar nicht wusste, wie ich reagieren soll. Ich hätte einiges erwartet: dass sie vielleicht über ihr abstehendes Fell lachte oder ihr erfreut hinterhergerannt wäre. Aber nach einiger Zeit wurde mir bewusst, sie hatte tatsächlich Angst vor der Perserdame. Könnt ihr Euch das vorstellen? Sie wiegt 2,5 Kilo, besteht nur aus Fell, glaubt, ihre Zähne nur zum Fressen zu haben, und dieses Kind hatte wahrhaftig Angst vor ihr? Denkt, sie wäre ein Wolf im Perserpelz. Hätte sie vor mir Angst gehabt, als großer, starker Kater, das hätte ich verstanden, auch wenn ich niemandem Angst einjagen möchte. Aber vor dieser winzigen Katze? Diese Menschen sind echt verrückt.

Vielleicht sollten wir die Perserdame bei uns vor die Tür stellen, dann schlägt sie #CoronaDuHund in die Flucht. Im Gegensatz zu den Dosenöffnern habe ich zumindest sinnvolle Pläne. Aber ich würde sie wahrscheinlich, wenn auch nur ein kleines bisschen, vermissen…

Es ist schade, denn eigentlich könnten wir ein gutes Team sein, doch immer, wenn ich das denke, macht sie wieder ihren Haufen vor die Katzentoilette und ich stelle fest, dass wir niemals auf der gleichen Wellenlänge sein werden.

#Hygiene #Rituale

Ich habe schon des Öfteren erwähnt, dass die Perser‚dame' nicht so hygienisch ist wie ich. Im Gegensatz zu ihr achte ich zum Beispiel sehr auf meine Krallenhygiene. Immer wenn im Schlafzimmer der Dosenöffner der Rollladen hochgezogen oder heruntergelassen wird – also morgens und abends –, erinnert mich das daran, dass ich mir dringend meine Krallen am Kratzbaum schärfen muss. Während die Perserkatze also immer noch in einer staubigen Ecke liegt und versucht 23 ½ Stunden am Tag zu schlafen, renne ich – egal, wo ich mich gerade im Haus befinde und ob ich geschlafen, getrunken oder gegessen habe – direkt ins Schlafzimmer an den Kratzbaum und kümmere mich um meine Krallen.

Genau aus diesem Grund sind meine Ohrfeigen, die ich den anderen Katzen regelmäßig verpasse, auch berühmt-berüchtigt in meinem Revier. Ihr seht: Körperhygiene zahlt sich aus.

Das kommt auch den Dosenöffnern zugute, die das natürlich nicht zu schätzen wissen, obwohl es aufgrund dieses Rituals keine Eindringlinge in unserem Garten gibt und ich der Einzige bin, der einen hübschen Haufen in unser Gras, Unkraut oder was auch immer das sein soll, macht. Dank suche ich vergebens. Stattdessen bekommt die Perserkatze, weil sie ihr Fell nicht richtig pflegt und permanent an den verrücktesten Stellen Knoten hat, so dass sie die Dosenöffner manchmal an eine Katze namens Bob Marley erinnert – wer auch immer das sein soll, bestimmt eine frühere Katze, die hier verhungert ist –, auch noch Unterstützung und wird regelmäßig gekämmt. Bei mir sagen sie immer nur: „Du hast so weiches Fell!", drehen sich weg und kämmen meine Rivalin weiter.

Ich bin oft fassungslos darüber, wie sie mich behandeln. Manchmal so fassungslos, dass ich Stressschuppen bekomme und dann sagen sie nur: „Wieso bekommst du Stressschuppen, wenn du den ganzen Tag nur herumliegst?" – Von euch!

#Sorgenperser #Frauenversteher #nicht

Ich weiß nicht, ob ich euch davon berichtet habe, dass die Perserdame recht betagt ist. 16 Jahre wird sie dieses Jahr alt und trotzdem ist sie dafür fit. Aber natürlich merkt man die ein oder andere Alterserscheinung. Ein paar sind gar nicht so unpraktisch, andere etwas nervig und andere wiederum schwer zu ertragen...

Da ich ein positives Gemüt bin, fangen wir mit den für mich guten Eigenschaften an: Sie vergisst häufig, dass sie gefressen hat. Also kommt sie immer wieder zu den Dosenöffnern und bittet um Futter... Und da sie so alt ist, erbarmen sie sich. Ich bin total abgemagert, das interessiert keinen – na ja, egal. Das Gute daran ist jedoch, dass sie nach ein paar Körnern Trockenfutter schnell merkt, dass sie keinen Hunger hat, und weggeht. Und da komme glücklicherweise ich um die Ecke. Es funktioniert nicht immer, aber häufig kann ich etwas aus ihrem Napf fressen, bevor die Dosenöffner zurückkommen. Und an guten Tagen gelingt es mir sogar, ihn zu leeren. Fünf Minuten später steht sie wieder an ihrem Futternapf und alles beginnt von Neuem – täglich grüßt die Perserdame.

Eher weniger erträglich ist die bereits erwähnte Eigenschaft, dass sie gerne vor der Katzentoilette oder in der Badewanne ihr Geschäft verrichtet. Nun kommt aber noch hinzu, dass sie sich trotz aktuellem Fellwechsel nicht mehr so häufig wie sonst putzt. Die Dosenöffner könnten sie – und natürlich auch mich! – häufiger kämen, aber im Gegensatz zu den vorherigen Jahren hat sie plötzlich überall immer wieder Knoten im Fell, selbst an den Beinen. Das hatte sie bisher noch nie. Statt der täglichen Katzenwäsche zieht sie sich immer häufiger zum Schlafen zurück. Anstelle der gewohnten 23 ½ Stunden am Tag, vermute ich, dass wir bald auf 23 ¾ Stunden Schlaf kommen.

Die Dosenöffner haben ja ästhetisch keine Ahnung, aber da sie praktisch veranlagt sind, sind sie wieder zu diesem schlechten Ort mit ihr gefahren: Dem Tierquäler. Und seitdem ist alles anders! Ich glaube, dort ist ihnen ein Fehler unterlaufen, auch sie selbst scheinen sehr verwundert über die aktuellen

Geschehnisse. Was haben sie ihr angetan? Mir ist so schlecht, ich muss gleich ein Fellballen hochwürgen.

Zudem bin ich immer noch sprachlose und berichte euch mehr, wenn ich das alles verdaut habe. Jetzt brauche ich erst Baldrian oder Katzenminze, um mich zu beruhigen.

#newhair #newcat #Veränderung

Die Perserdame wurde also vor einigen Tagen zum Tierarzt gebracht. Und dort ist etwas passiert, wozu ich zwei Theorien habe und beide machen mich fassungslos: Denn die Katze, die sie zurückgebracht haben, hat nichts mehr mit der einstigen Perserkatze zu tun.

Theorie Nummer eins:

Sie haben nicht die Perserkatze mit nach Hause gebracht, sondern eine andere Katze, oder eine Mischung aus Pudel und Katze. Zumindest sieht sie so aus. Ich wollte diesem Wesen erst einmal eine verpassen, da ich dachte, ein Eindringling wäre in unserer Wohnung. Aber irgendwie hatte ich Mitleid und ihr Geruch erinnerte mich an die Perserdame… Wieso auch immer… Auf jeden Fall wurde ich etwas melancholisch.

Theorie Nummer zwei:

Sie haben sie wie ein Schaf geschoren! Wir wussten, dass die Dosenöffner von einigen Sachen keine Ahnung haben. Wenn diese Theorie stimmt, dann auch nicht von Ästhetik… Wer holt sich bitte schön eine Langhaarkatze und lässt ihr die Haare kürzer als die einer Kurzhaarkatze schneiden? Die haben nicht mehr alle Tassen im Schrank. Klar, es ist Sommer. Klar, sie hat Knoten im Fell. Klar, sie putzt sich nicht mehr so wie früher. Aber muss man zu so drastischen Maßnahmen greifen? Wäre jedoch auch wieder typisch für sie.

Wobei eine Theorie die andere nicht zwingend ausschließt. Sie nennen sie nämlich immer noch bei ihrem Namen, sprechen aber auch über eine Wesensveränderung und dass sie wie ausgetauscht sei. Also scheinbar haben sie sie scherren lassen und dann wurde sie vom Tierarzt vertauscht?

Statt einer Katze, die 23 ¾ Stunden schläft, haben sie eine Familienkatze mitgebracht, die gerne mit im großen Bett schläft, die sich nicht von der Lautstärke der kleinen Dosenöffner stören lässt und gerne Zeit mit allen, inklusive schreiendem Baby, verbringt. Das war meine Aufgabe! Was passiert hier? Wo ist die schlechtgelaunte Edelkatze hin? Ich vermisse sie…

#Perserkatze #Edelkatzen und ihre #Eigenarten

Es ist noch kein Halloween trotzdem passiert hier Gruseliges. Eigentlich geschieht dies nicht so oft, aber circa einmal im Monat wohne ich diesem Ereignis bei und finde es immer wieder von Neuem beängstigend. Ja, es gibt Dinge, die machen selbst einem so mutigen Kater wie mir Angst! Was genau ich meine? Ich spreche über die Perserkatze. Sie hatte immer einige seltsame Eigenarten an sich, aber was sie hier macht, ist zugleich einmalig, seltsam und lässt einen die Haare auf dem Katzenbuckel aufstellen.

Jede Katze kennt dieses leidige Thema, wenn beim Putzen zu viele Haare in den Magen gekommen sind, vor allem im Herbst und Frühjahr beim Fellwechsel. Bei Perserkatzen ist diese Situation noch dramatischer als bei meinem kurz gewachsenen Fell. Da habe ich vollstes Verständnis für. Trotzdem müssen wir hier thematisieren, dass dieser normale Prozess des Herauswürgens der Haare bei der Perserdame wie ein

Besuch beim Exorzisten aussieht. Nein, ehrlich gesagt, ist der Film harmlos im Vergleich zudem, was ich gestern gesehen habe. Sie würgt und dopst dabei wie ein Flummi, der seltsame Geräusche macht, durch das ganze Zimmer. Dabei gelingt es ihr von der hintersten Ecke der Wohnung bis zur Haustür ihre Kotzspur zu hinterlassen. Keine Ahnung, wie sie, die sich sonst eher ruhig und gemächlich bewegt, das schafft. Und noch weniger verstehe ich, wie so ein kleines Wesen so viel kotzen kann?

Die Dosenöffner blicken auch immer sehr unglücklich aus der Wäsche, wenn sie ihre Hinterlassenschaften sehen und brauchen eine gefühlte Ewigkeit, ihre Wohnung wieder in den alten Zustand zu versetzen. Die Perserdame legt sich danach für circa zwölf Stunden in eine Ecke und erholt sich von der Anstrengung. Das müsste ich mit Sicherheit auch.

#Sucht #Junkie #Edelkatze vs. #Streuner

In diesem Haus gibt es einen Hausbewohner mit ernsthaften Problemen. Ich berichte davon nicht gerne, aber ich wohne mit einer Süchtigen zusammen. Perserkatzen sind halt auch nur Katzen… Besonders an Festlichkeiten kommt dieses Verhalten zu Tage. Da lauert sie tagelang vor dem Büro der Dosenöffner, um beim Hineingehen ihren Kopf in die Aufbewahrungsbox des Geschenkpapiers zu stecken. Vor ein paar Tagen passierte das wieder: Ein Cousin der Dosenöffner hatte Geburtstag und es wurde viel Tamtam gemacht. Wenn ich Geburtstag habe, interessiert das keinen; Aber das ist ein anderes Thema.

Auf jeden Fall nutzte sie trotz ihrer Betagtheit jede Chance, um in das Büro zu flitzen. So habt ihr sie noch nicht rennen gesehen. Plötzlich ist sie schneller auf ihren dünnen, kleinen Beinchen unterwegs als ich, wenn ich hinter einer Maus her bin. Könnt ihr euch das vorstellen? Die Dosenöffner konnten sie jedes Mal stoppen, haben sie wieder aus dem Büro getragen und die Tür zugemacht. Aufgrund ihrer Entzugserscheinungen geht sie nicht strategisch vor, sondern rennt einfach drauf los. Draußen, im echten Leben, würde sie trotz ihrer Schnelligkeit so keine einzige Maus fangen.

Aber: Geschenkschnur macht sie als anonymer Geschenkbandjunkie so glücklich! Dagegen ist eine rollige Katze gar nichts. Einmal trieb sie es so weit, dass die Dosenöffner gerade noch sahen, dass nur noch ein kleines Stück Schnur aus ihrem Maul hing. Sie zogen ihr es dann aus dem Magen… Ein kurzes Stück für ein Geschenk, aber ein langes Stück für eine kleine Perser. Das wäre böse geendet, wenn sie sie nicht gerade noch erwischt hätten. Aber so ist es eben mit der Sucht, die eigene Gesundheit verliert man da gerne außer Acht. Ich hoffe, dass sie eines Tages vernünftig wird. Und nein, ich sorge mich nicht um sie, soll sie doch machen, was sie möchte!

FÜNF

ANDERE ALLTÄGLICHE

PROBLEME

Kommentar des Katers:

Ihr habt gesehen, dass das Leben mit den kleinen und großen Dosenöffnern wie auch der Perserdame nicht immer einfach ist, aber es gibt noch so viel mehr, was Kater so beschäftigt.

Ob unerträgliche Hitze, gesundheitliche Probleme, die anstrengenden Nachbarn oder Anderes, hier findet ihr meinen
alltäglichen, ungekürzten Katerjammer zu allem, was das Katerleben so berührt.

#Katzenwellness #summerfeeling

Heute ist wieder ein guter Tag. Abgesehen davon, dass in
den letzten Wochen – bis auf einige kurze Regenzeiten – phä-
nomenales Wetter war, ich mich fast jeden Tag in meinem Garten sonnen konnte und das Katerleben nach dieser anstrengenden #CoronaDuHund-Zeit einfach nur genieße. Nach langen
Regenzeiten kommt endlich wieder Sonnenschein, man muss
nur so viel Ausdauer wie ich haben.

Nachdem ich mich heute Morgen mehrmals vor meiner Dosenöffnerin auf den Rücken geschmissen und mein Bäuchlein
gezeigt habe, in dem noch viel Platz für weiteres Katzenfutter
wäre. Eine Diät brauche ich nicht, ich liebe mich, so wie ich
bin. Auf jeden Fall wurde ihr bewusst, dass sie mich in letzter
Zeit viel zu wenig gekämmt hatte. Und das obwohl sie immer
noch einen großen Teil des Tages nur in der Wohnung sitzt.
Mir ist dieses Verhalten unverständlich.

Die verpassten Streicheleinheiten hat sie nachgeholt und ich
war völlig in Ektase: Rollte mich von links nach rechts, wieder
nach linksdrehend, rieb meinen Kopf an ihrem Arm, schnurrte
laut und genoss ihre volle Aufmerksamkeit. Und als sie dann
fertig war mit Kämmen, streichelte sie mich noch lange weiter.

Endlich hat sie verstanden, was hier ihre Aufgabe ist: Mich
zu verwöhnen! Dass man das den Dosenöffnern immer wieder
klarmachen muss… Die haben wirklich ein Gedächtnis wie ein
Goldfisch. Ohne mich wäre ihr Leben so sinnlos. Mich zu streicheln, verbessert jedoch ihre Lebensqualität deutlich. Trotzdem sind sie von einem tollen Katzenleben noch weit entfernt
und gehen immer noch diesen seltsamen Tätigkeiten an ihrem
Laptop nach. Dabei könnten sie mich – natürlich nur wenn ich

Lust habe, sonst verpasse ich ihn auch gerne eine mit meiner Tatze – den ganzen Tag kämmen. Seltsame Wesen…

#balconing

Ich mag den Sommer so gerne, weil wir öfters gemeinsam auf dem Balkon liegen. Wir haben dort ein Sofa aus Holz, auf das die Dosenöffner am Morgen eine gemütliche Matratze legen. Wenn es morgens noch schön kühl ist, dann lege ich mich dort gerne in die Sonne. Und wenn es gegen Nachmittag richtig warm wird, vor allem in einem schwarzen Fell, dann ist dort Schatten und man kann gemütlich chillen.

Nur manchmal, da stellen sie die nasse Wäsche auf den Balkon – keine Ahnung, wieso sie ihr ausziehbares Fell nass machen, ich käme nie auf die Idee mich ganz ins Wasser zu legen… Eine Katzenwäsche ist völlig ausreichend – und das versperrt mir die schöne Sicht auf die Bäume und die Vögel dort. Ich beschwere mich dann lautstark, aber darum scherrt sich keiner. Wie egoistisch sie manchmal sind.

Ab und an schaue ich mir auch diese seltsame kleine Kuh des Nachbarn an, er nennt sie ‚elektrischer Rasenmäher', wie sie Rasen frisst und wieder ausspuckt. Jedoch kann ich dafür nicht die gleiche Begeisterung wie die Perserdame, die sie aus der Wohnung über mir, in der sie sich häufig aufhält, stalkt. Keine Ahnung, was sie daran so interessant findet… Liegt wahrscheinlich daran, dass ihr Leben so langweilig ist, da sie nicht das Haus verlassen darf. Das Streuner-Leben ist das beste Leben. Auf jeden Fall sitzen wir mit der kleinen Dosenöffnerin immer abends auf dem Balkon und beobachten Vögel. Das ist schön. Da bekomme ich richtig Appetit und Lust auf mehr als nur Anschauen. Das setze ich dann nachts in die Tat um.

Ich liege dann auf dem Bauch von einem der Dosenöffner und schnurre vor Glück. Wobei ich mir manchmal nicht sicher bin, ob das nur Schnurren ist oder ob mein Magen vor Hunger grummelt. Diese Diät ist echt grauenhaft, vor allem wenn man überall diese leckeren Vögel sieht.

#AlbtraumohneEnde #gesundheitlicheProbleme

Ich konnte mich die letzten Tage nicht melden, da ich es kaum schaffe, mich überhaupt zu putzen... Ich dachte wirklich, dass die Rückkehr von #CoronaDuHund einst mein größtes Problem gewesen wäre. Nun ist es anders gekommen. Die große und die kleine Dosenöffnerin sind wieder auf der Straße unterwegs und genießen das Leben. Ich hingegen bin eingesperrt und trage einen Trichter um meinen Kopf. Und ich verstehe nicht, was sie damit bezwecken wollen, warum sie mich derart quälen! Die kleine Dosenöffnerin sagt immer wieder: „Carlo, Aua, Carlo kratzen!"

Ja, ich habe eine kleine Wunde am Kopf, aber sie stört mich nicht. Und im Gegensatz zu manch anderen Kampfverletzung ist sie kaum sichtbar. Natürlich nervt mich die Kruste und ich kratze sie immer wieder weg. Aber was ist bitte schön so schlimm daran, dass sie mich derart schlecht behandeln und mich für dieses Verhalten bestrafen? Es ist so demütigend als stolzer, schwarzer Kater diesen Trichter um meinen Kopf zu tragen. Ich traue mich kaum mehr, meinen Kopf zu heben, und laufe in geduckter Haltung durch die Wohnung. Auch beim Schlafen ist das anstrengend und unangenehm.

Nach der ganzen Demütigung und dem Leid, welches ich seit einer gefühlten Ewigkeit ertragen muss – auch wenn man es nicht hört, aber ich weiß, dass die Perserkatze über mich lacht –, habe ich mich gerächt. Rache ist süß! Vor ein paar Tagen, habe ich ihnen auf den Boden gepinkelt. Oh nein! Da waren sie ganz schön empört. Und da ihr Verhalten sich nicht gebessert hat, habe ich der Dosenöffnerin heute auf das Sitzkissen ihres Essensstuhls gepinkelt. Oh nein, schon wieder! Und wenn sie mich nicht bald freilassen, dann schrecke ich auch nicht davor zurück, ihnen ins Bett zu pinkeln. Es ist mein letztes Mittel, um sie zu erziehen und ich mache es nicht gerne, aber wer nicht hören will und mich leiden lässt, der muss halt fühlen oder Katerpipi riechen.

#Freiheit #goodnews

Wie süß die Freiheit riecht! Und vor allem riecht sie nicht nach dieser ekelhaften Creme, die sie mir ins Gesicht schmierten, wenn ich völlig wehrlos, mit diesem Trichter um den Kopf, in einer Ecke lag! Wie schön es ist, nicht mehr von seinem Gewicht heruntergedrückt zu werden. Wer glauben sie eigentlich, dass sie sind? Mich in so eine furchtbare Lage zubringen und mir so Schlimmes anzutun, behauptend, das wäre alles zu meinem Besten. Dass ich nicht lache! Mich einzusperren und zu fesseln ist also zu meinem Besten? Solche Maßnahmen wegen einer kleinen Wunde sind völlig übertrieben. Das nächste Mal melde ich mich auf jeden Fall beim Tierschutz wegen Katzenquälerei. Auch wenn ich ein Einzelkämpfer bin… Irgendwann muss man in solch unhaltbaren Zuständen Hilfe einschalten.

Trotzdem versuche ich positiv zu bleiben und stelle fest, dass man manche Dinge – wie das Gefühl der Freiheit – erst zu schätzen lernt, wenn man sie verloren hat. Ich gehe – auch wenn sie dachten, mir durch diese demütigende Behandlung meinen Willen rauben zu können – gestärkt aus dieser schlimmen Zeit! Deswegen unterlasse ich jetzt auch das Protestpinkeln, das ist nämlich nur etwas für zu tiefst verzweifelte Kater.

Und gleichzeitig waren die letzten Tage so stressig. Aber ein guter Stress! Ich stand wieder im Garten und zeigte den anderen, wer hier der Herr im Garten ist. Diesen anderen dreisten Katzen eine zu verpassen, war ein tolles Gefühl! Was die sich einbilden, nur weil ich kurz nicht da bin, in meinem Garten zu schlafen oder unter meine Bäume zu pinkeln und Haufen zu machen, als wären es ihre.

Ich muss zugeben, dass ich mir ein paar kleine Kratzer dabei zugelegt habe, die ich bisher jedoch gut vor meinen Dosenöffnern geheim halten konnte. Noch einmal passiert mir das nicht. Beim nächsten Mal werde ich woanders nach Mitgefühl suchen. Noch einmal vertraue ich ihnen in so einer schwierigen Situation nicht. Die Wunde ist zwar weggegangen, aber mit dem Trichter hat das nichts zu tun. Es ist verwunderlich, dass ich durch diesen Druck am Hals nicht noch eine weitere Verletzung bekommen habe.

#schlimmergehtimmer #Herbstwind im #Nacken

Sie haben mich zum Mönch gemacht! Kastriert bin ich bereits und habe mich seit einigen Jahren damit abgefunden, eine Oktave höher zu miauen. Es nervt mich nur, wenn ich das tiefe Miauen der Perserdame höre und mich frage, warum sie mehr nach einem harten Kater klingt als ich. Aber die neuste Aktion übertrifft mit Sicherheit erneut eure Vorstellungskraft.

Ich hasse dieses ekelhafte Parasitenmedikament, welches sie mir alle drei Monate unterjubeln wollen, und fresse es natürlich nicht. Das können sie mir so tief, wie sie wollen, in

Leberwurst hineinstecken, ich lasse das immer in meinem Futternapf zurück. Ich bin doch nicht wahnsinnig! Statt meinen Willen zu akzeptieren und mich in Ruhe zu lassen, spritzen sie mir nun alle drei Monate aus dem Hinterhalt eine durchsichtige und übelriechende Creme auf den Nacken an eine Stelle, wo ich mich nicht kratzen und ablecken kann. Das regt mich Tage auf und dieser unangenehme Geruch belästigt fast eine Woche. Sie machen das immer, wenn ich fresse, so dass ich noch lange Zeit danach, immer wieder Angst bekomme, dass mich mein Futter angreifen könnte.

Zudem reagiert auch mein Körper darauf, denn warum auch immer gehen mir an dieser Stelle die Haare aus. Nicht nur, dass das im Winter genauso unpraktisch ist wie im Sommer – im Sommer kann ich an der Stelle Sonnenbrand bekommen und aktuell ist es echt kalt! – es sieht auch noch wahnsinnig blöd aus. Wie ein alter Mönch eben.

Als ob sie mich die letzten Wochen nicht genug gedemütigt hätten? Nun sieht auch noch die ganze Nachbarschaft, dass mein Wille in diesem Haus nicht akzeptiert und Stück für Stück gebrochen wird – zumindest versuchen sie das. Ich habe heute sogar schon gehört, wie die Nachbarn die Dosenöffnerin mitleidig auf der Straße ansprachen, was mit mir los sei oder ob ich etwas Ansteckendes hätte. Nein, nur zu viel Kontakt mit undankbaren menschlichen Wesen. Ich raste hier noch aus!

Bei der Perserkatze machen sie das übrigens auch. Aber wieso auch immer, verliert sie natürlich nicht ihr Fell. Dabei würde das bei ihr keinen Interessen, da sowieso nur ich sie sehe und dann wenigstens etwas zu lachen hätte… Das Leben ist wirklich hart in diesem Haus!

Kleine Dosenöffner sind so eine Sache: Manchmal können sie anstrengend sein, aber häufig haben sie viele Vorteile und versüßen mir den Alltag, vor allem wenn sie mir heimlich Trockenfutter geben.

Andere Katzen in meinem Revier hingegen, sind nur anstrengend, ohne positive Seiten und ich habe keine Lust sie nur in meiner Nähe zu haben. Und vor wenigen Tagen, da stand plötzlich ein kleines und vorlautes Kätzchen vor meiner Haustür und ich fragte mich, wo sie die Dreistigkeit hernahm und mein Grundstück betrat. Sie scheint neu hier zu sein und noch nicht zu wissen, wo ihre Grenzen sind. Das wird sie aber schnell lernen – notfalls auf die harte Weise.

Ich fand sie, sich unverschämterweise auf dem Schuhabstreifer vor unserer Haustür entspannen, auf dem normalerweise ich bei gutem Wetter die Abendsonne genieße. Ihr könnt euch vorstellen, dass ich fassungslos und wütend zugleich war. Da will man kurz zur Toilette gehen und entdeckt so etwas. Unfassbar! Ich war selten so empört und das zeigte ich auch gleich lautstark.

Selbst die Nachbarn öffneten ihre Fenster auf der anderen Straßenseite, um meinen zornigen Schimpftiraden zu zuhören und alle, inklusive meiner eigenen Dosenöffner waren baff, wie sehr ich mich für Ruhe und Ordnung in unserem Viertel einsetze. Natürlich war ich erfolgreich! Das Kätzchen zog seinen Schwanz ein und verzog sich schnell. Seitdem habe ich sie hier nicht mehr gesehen und gehe davon aus, dass das auch so bleibt.

Gleichzeitig hat mir diese Szene auch wieder bewusst gemacht, wie nutz- und hilflos diese Dosenöffner ohne einen schwarzen Kater an ihrer Seite sind. Im Gegensatz zu ihnen habe ich ihr gleich gezeigt, wer der Chef in dieser Zone ist. Die Dosenöffner werden daraus aber bestimmt nichts lernen. Sie sitzen nun schon seit Ewigkeiten in ihrer Wohnung und flüchten vor #CoronaDuHund und manchmal glaube ich, dass sie außer nicht aus dem Haus zu gehen gar keinen Plan haben. Vielleicht täusche ich mich da nur… Aber generell sind wir Katzen schon die klügeren Wesen. Das hat sich heute erneut bestätigt.

#Winter #eisigeKälte #Alltagsprobleme

Ich bin vor einigen Jahren aus dem heißen Spanien in das schöne Deutschland gekommen, um hier dieses Haus zu übernehmen und die Dosenöffner zu unterstützen. Ohne mindestens eine Katze im Haus, bekommen Dosenöffner nicht viel auf die Reihe, daher war es nötig, diese lange Reise anzutreten. Die letzten Tage war Deutschland aber alles andere als schön. Ich mag hier schon den normalen Winter nicht, aber wer hat diese eisigen Temperaturen bestellt?

Trotzdem gehe ich in der Regel vorbildlich ins Freie, um mein Geschäft zu verrichten. Anstand und Hygiene wurden mir von meiner Katzenmama zu genüge beigebracht. Egal, wie kalt es ist, meine gute Katzenstube vergesse ich so schnell nicht. Auch wenn ich vor allem nachts das Gefühl hatte, dass beim Pinkeln einige Körperteile aufgrund der Kälte massiv geschädigt werden könnten… Und immer Angst hatte, dass mein Urin während des Pinkelns einfrieren könnte. Aber auch diese Kraftanstrengungen werden von den Dosenöffnern nicht wertgeschätzt.

Wenn ich aus irgendeinem Grund die Toilette der Perserkatze benutze, werde ich nur abschätzig angeschaut, als wäre ich nie hinausgegangen. Und wie sie dann ihre Augenbrauen hochziehen… Dabei können sie sich gar nicht in mich hineinversetzen. Zum einen bleiben sie für ihr Geschäft immer drinnen und gehen nie in den Garten. Und zum anderen verlassen sie generell in letzter Zeit, seit #CoronaDuHund unterwegs ist, nicht mehr so häufig wie früher das Haus. Und ich erwarte nicht einmal, dass sie es mir gleichtun und jeden Tag ihr Leben für uns auf der Straße riskieren, sondern möchte nur, dass man in diesem Haushalt meine Anstrengungen für die Gemeinschaft sieht und mich nicht immer behandelt, als würde ich alles falsch machen.

Seit Sonntag ist das Leben jedoch schon wieder etwas leichter und man riecht es jetzt schon, dass es wärmer wird und ich freue mich auf den nahenden Frühling. Das hebt meine Laune deutlich. Wahrscheinlich geht es euch ähnlich. Ich bin wirklich kein Schneekater, sonst wäre ich ja auch weiß.

#Albtraum

Der Albtraum geht in die die zweite Runde. Die Dosenöffner glauben wieder zu wissen, was gut für mich ist, und die Folgen sind dramatisch und demütigend zugleich. Was passiert ist?

Ich habe mir eine Verletzung zwischen Ohr und Auge geholt. Nichts Großes! Aber sie tun so, als hätte ich mir mein Auge herauskratzen wollen. Ein paar Tage schauten sie es immer wieder skeptisch an und tadelten mich. Ja, es juckt ein bisschen und ich kratze auch häufiger. Das habe ich schon immer bei Wunden gemacht und weiß nicht, was daran verkehrt sein soll. Als ob sie es besser machen würden?

Auf jeden Fall kam der Dosenöffner vor ein paar Tagen und holte spontan diesen Trichter der Demütigung hinter seinem Rücken hervor. Ich hatte damit nicht gerechnet und war so überrascht, dass sie mich überwältigten konnten… Und nun kann ich mich kaum bewegen, mich nicht putzen und sie lassen mich nicht einmal für meinen Toilettengang in den Garten, sondern zwingen mich auf das Katzenklo der Perserkatze zu gehen, mit ihrem Pipi drinnen! Diese nutzt meine Hilflosigkeit übrigens schamlos aus und schnuppert, wann sie kann, an meinem Hintern.

Nur die kleine Dosenöffnerin kommt immer wieder zu mir, umarmt mich, obwohl sie aktuell selbst nicht ganz fit ist, macht „Ai" und malt mit mir – was keine sinnvolle Beschäftigung ist und ich ziemlich uninteressant finde. Aber trotzdem sieht man, dass sie besorgt ist, während die großen Dosenöffner kein Erbarmen zeigen.

Und wenn ich abends besonders liebesbedürftig bin, wenn sie ins Bett gehen, mich zwischen ihnen aufs Kissen lege, den Trichter an ihren Kopf reibe und sie ausversehen anniese, dann sind sie ganze empört… Darf ich euch daran erinnern, ihr habt uns das eingebrockt. Wie könnt ihr da klagen? Ihr hattet eine andere Wahl. Ich nicht!

#nachhartenZeitenkommenguteZeiten
#zuckersüßeFreiheit

Die letzte Woche war voller emotionalen Aufs und Abs, mehr Abs als Aufs zugegebenermaßen. Ich genoss die wenigen Momente der Freiheit ohne Trichter, jedoch immer voller Angst, dieser bald wieder beraubt zu werden und es trat auch jedes Mal genauso ein…

Und es heißt ja immer, bevor es besser wird, wird es schlimmer, fast unerträglich – meiner Meinung nach. Und genauso ist es! Deswegen hielt die vergangene Woche einige demütigende Momente für mich bereit:

Zum einen beobachtete mich die Perserkatze immer schamlos, während ich mein großes Geschäft auf ihrer Toilette verrichten musste. Als ob es nicht genug wäre, dass ich auf ihr kleines Katzenklo muss, nein, sie starrte mich förmlich an, während ich mit dem Trichter der Demütigung mein Haufen machte und einbuddelte, so gut es eben ging.

Einmal zog ich mich auf diesen Schrank zurück, sie nennen ihn Wickeltisch, da dort ein gemütliches Handtuch liegt und man den perfekten Überblick über das Kinderzimmer hat. Ich sitze dort öfters und genieße die Aussicht, aber noch nie ist mir etwas derartig Abartiges passiert. Plötzlich kommt die Dosenöffnerin mit der kleinen Dosenöffnerin angerannt und macht mir ein Zeichen, dass ich gehen sollte.

Das würde euch so passen. Ich blieb natürlich sitzen, auch mit Trichter bin ich der Chef in diesem Haus. Also drückte sie die kleine Dosenöffnerin neben mich und wechselte ihre sogenannte Windel. Diese menschlichen Wesen machen immer so, als wären sie etwas Besseres, aber ich habe mich selbst als kleines Kätzchen nach der Toilette immer selbst geputzt und mein großes Geschäft nie in etwas hineingemacht, mit dem ich danach herumgelaufen bin – selten etwas derart Unhygienisches gesehen… Doch was macht sie? Sie legt diese Windel mit dem großen Geschäft genau vor meine sensible Nase. Könnt ihr euch das vorstellen? Ich musste mich fast in den Trichter übergeben, aber konnte mich ein Glück noch beherrschen, da das meine erbärmliche Situation nicht verbessert hätte. Trotzdem hat sie mich selten derart fassungslos gemacht.

Ein Glück ist die Wunde jetzt weg. Sie war generell gar nicht so schlimm, wie sie behaupten.

#Ichbinwiederhier #inmeinem Revier

Ich bin zurück, in ganzer Pracht! Und natürlich sind da lauter Gerüche in meinem Revier, die dort nicht hingehören. Gleich am ersten Tag meiner Freiheit konnte ich bei einem Gartenbesuch mit der Dosenöffnerin zeigen, wer hier der Boss ist. Bestimmt ist deshalb auch #CoronaDuHund eingeschüchtert und uns bisher ferngeblieben. Wahrhaftig traute sich vor meiner Nase ein anderer schwarzer Kater auf unser Grundstück. Ich sage nur so viel dazu: Er wird es nie wieder machen!

Ich habe ihn durch die ganze Straße gehetzt und ihm die Hölle heiß gemacht. Der weinte danach wie ein kleines Kätzchen. Dass ich dafür mit einem Festmahl belohnt wurde, war natürlich nicht der Fall. Trotz meiner großen Anstrengungen musste ich abends wieder um mein Essen betteln, als hätte ich nichts für unsere Gemeinschaft gemacht…

Meine nächste Aktion, um etwas gegen die schlechten Bedingungen, wie die Katerausrottung durch eine furchtbare Diät, in diesem Haus zu tun, war ein kleines Geschenk für meine Dosenöffner, obwohl sie ihre Arbeit mehr schlecht als recht machen. Eine Maus! Über was sich jeder normale Kater freuen würde, das führte überraschenderweise zu einem Ausraster der Dosenöffnerin. Und im nächsten Schritt nahm sie mit dem Dosenöffner das ganze Kinderzimmer auseinander, als hätte ich ein lebendes Ungeheuer hineingelassen.

Nein, es war nur eine lebende Maus und ich wollte, dass sie Spaß mit ihr haben und mir als Dank mehr Futter geben. Das bisschen Mäusekot wurde überdramatisiert, als wäre aus dem Kinderzimmer eine Kloake geworden. Gegen Mitternacht hatten sie die Maus gefunden. Besonders klug stellten sie sich bei der Mäusejagd nicht an. Und was machte der Dosenöffner? Er setzte sie nach draußen und erzählte, ich wäre ein schlechter

Kater, da man keine lebenden Mäuse heimbringt. Undankbarkeit pur!

Das habe ich natürlich nicht auf mir sitzen lassen. Keine zwei Stunden später legte ich eine tote Maus in ihre Wohnung, natürlich wieder ins Kinderzimmer. Die Freude am nächsten Morgen war nicht so groß wie erwartet. Man kann es diesen menschlichen Wesen wirklich nicht recht machen. Egal, was man macht, es ist falsch. Und Futter gab es natürlich auch nicht mehr... Welch ein Undank!

#Geständnis #nichtperfekt #badcat

Auch wenn ich davon selten erzähle, auch ich bin nicht perfekt. Ab und an schlage ich in meiner Freizeit Frauen... Aber ganz ehrlich, sie haben es auch verdient! So steht die Perserdame mir beispielsweise im Weg, nervt mich generell durch ihre bloße Anwesenheit oder dass sie jetzt eine Familienkatze sein möchte. Und die große Dosenöffnerin, die gibt mir nicht rechtzeitig Futter. Da kann einem aufgrund der starken Emotionen die Pfote ausrutschen.

Auch wenn es kein gutes Verhalten ist, werdet ihr das verstehen. Dass sie mich dafür eine Viertelstunde, die sich wie Tage anfühlte, auf den Balkon sperrten, da ich nicht aufhörte, ihr immer wieder eine zu verpassen, wenn sie an meinem leeren Futternapf vorbeilief, verstehe ich nicht... Und finde es unverschämt! Der kleine Dosenöffner trinkt den ganzen Tag an ihrer Brust, im Gegensatz zu mir hätte er warten können. Da hilft nur Protestkacken vor der Toilette.

Zu den Menschenkitten bin ich sonst nett, denn sie haben ,Kittenschutz'. Wobei die kleine Dosenöffnerin schon so groß ist, dass ich mich da auch nicht immer zurückhalten kann. Sie ist manchmal nicht so nett zu mir und schreit laut „nein, nein!", wenn ich auf dem Tisch sitze und die Reste von ihrem Teller lecke. Und der kleine neue Dosenöffner, der ist gar nicht klein. Wenn ich auf den Schoß der Dosenöffnerin springe, dann liegt er eben im Weg, bei einem kleinen Baby würden wir dort beide hinpassen. Und wenn er auf dem Bett liegt, dann trample ich manchmal über ihn drüber. Die Dosenöffner finden das unmöglich und nennen mich deswegen ‚Trampeltier' oder ‚Trampelcarlo'.

Aber ganz ehrlich, ich muss Energie einsparen, sonst könnte ich nicht bei jedem kleinsten Geräusch, welches ich in der Küche höre, dorthin rennen, da kann ich dann keinen großen Bogen mehr um das Baby machen. Wenn sie mir mehr Futter gäben, dann wäre ich viel agiler und wir hätten dieses Problem nicht. Egal, was ist, wir drehen uns immer im Kreis, wäre diese blöde Diät nicht, wäre es für uns alle leichter!

Vielleicht brauche ich auch Urlaub von den Dosenöffnern… Sie sollten mir das Haus überlassen und überall im Haus Futternäpfe aufstellen, dann könnte ich mich in Ruhe beruhigen.

#Balkon #Luxus für die #Perserdame

–

Wer denkt an den #armenschwarzenKater?

Nach Jahren wird endlich regelmäßig die Balkontür offengelassen. Natürlich nicht für mich. Wie käme ich auf die Idee? Ich könne in den Garten spazieren gehen, stellen sie fest. Dass es für mich auch schön wäre, auf dem Balkon zu liegen und nicht immer alle Treppen herunterzulaufen – Kater hat deutlich kürzere Beine als die Dosenöffner – und ständig auf der Hut vor Eindringlingen oder #CoronaDuHund zu sein, interessiert niemanden. Nein, für die kackende und kotzende Katze – Alliterationen kann ich übrigens auch –, weil sie ja so alt ist und noch ein paar schöne Jahre ihrer Katzenrente auf dem Balkon genießen soll, haben sie ihn katzensicher gemacht. Nicht für den hartarbeitenden und mäusefangenden Kater. Und sie genießt es, als wäre der Balkon schon immer ihr Revier gewesen. So klaut sie mir die Sonnenplätze und trinkt aus der Wasserbahn der kleinen Dosenöffnerin bzw. die kleine Dosenöffnerin spielt mit ihrem Trinkgefäß – so würde es zumindest die empörte Perserkatze darstellen, wenn sie das Kind schlechtgelaunt beobachtet.

Überall haben sie Pflanzen hingestellt, an denen seltsame Dinge wachsen, die sie Gemüse oder Obst nennen. Ich habe einmal eine sogenannte Erdbeere abgeleckt. Pfui! Das ist alles für die kleine Dosenöffnerin und sie freut sich tierisch darüber, pflückt und isst diese Dinge mit Leidenschaft. Das zeigt, wie seltsam auch schon die kleinen Dosenöffner sind. Um mich zu erfreuen, könnte Katzengras auf dem Balkon einen Platz finden: Pflegeleicht, schmackhaft und hübsch! Aber nein, der Herr kann in den Garten gehen, wenn er Gras haben möchte: Alle gegen einen, den armen schwarzen Kater.

#nachdenklich #throwback #Zähne #harterKater

Ihr wisst ja, dass es mir bis auf die regelmäßigen Hungersnöte bei meinen Dosenöffnern gut geht. Das war leider nicht immer so. Auch wenn ich manchmal denke, schlechterer Service als hier ist nicht möglich, so weiß ich doch, dass es durchaus schlimmer geht. Ich versuche das so gut wie möglich zu verdrängen und zu vergessen, doch es gibt Momente, in denen die Erinnerungen wieder lebendig werden und das kann einem Zahnschmerzen bereiten.

Genauso war es damals, als ich in Spanien in eine nicht so schöne, enge Unterkunft kam, in der schon viel zu viele andere Tiere zwischen kalten Gitterstäben in dreckigen Katzenkörben wohnten. Trotzdem war es besser als das Leben zuvor alleine auf der Straße. Carlo gegen den Rest der Welt hieß es damals nur, als ich wortwörtlich um mein Überleben kämpfte und Mülltonnen nach Essbaren durchsuchte.

Ich war glücklich, wenn auch ängstlich, als es weg aus dem Tierheim ging, mit dem Versprechen bald eine neue Familie zu haben. Jedoch hatte ich nicht damit gerechnet, in einem kleinen Korb stundenlange schaukelnd durchs Land gefahren zu werden. Ich durchstand Todesängste und als ich in Deutschland ankam und man mir in meiner neuen Bleibe endlich gutes Futter gab, da konnte ich es plötzlich nicht mehr fressen. Ich dachte, es läge an den Strapazen der langen Reise, aber nein... Es waren Zahnschmerzen, so schlimme Zahnschmerzen, dass der Tierarzt sich entschloss – ohne mich überhaupt vorher zu fragen – mir alle Zähne zu ziehen bis auf die vier großen, angsterregenden Fangzähne. Auch wenn ich ihm das nie verziehen habe und ihm bei einem weiteren Treffen gerne in seinen Allerwertesten beißen würde – ja, das geht auch mit vier Zähnen noch! – ging es mir besser. Ich konnte wieder gut fressen und sah auch immer noch blendend aus.

Als meine neuen Dosenöffner mich vor über vier Jahren aufnahmen, wurde ihnen gleich von diesem Makel erzählt, auch wenn ich nicht weiß, warum das für sie relevant sein sollte. Man bewertet einen Kater doch nicht nach seinen Zähnen, sondern nach seiner Jagdkunst.

Für sie war es glücklicherweise auch nicht von Bedeutung, sie behaupteten sogar, meine zwei schwarzen Vorgänger hätten gar keine beziehungsweise auch nur vier Fangzähne besessen. Und selbst der zwanzigjährige zahnlose Kater konnte problemlos einen Mäusefriedhof im Garten anlegen, ohne dass ihn die fehlenden Zähne beim Töten der kleinen Plagegeister gestört hätten – Mäuse totlutschen ist hierfür der Fachbegriff unter den zahnlosen Katern. Ich war also positiv gestimmt, weiterhin eine große Beute nach Hause zu bringen.

Nun dachte ich, dass ich so schnell nicht mehr oder vielleicht sogar gar nicht mehr zum Zahnarzt müsste, doch seit einigen Wochen habe ich erneut Zahnschmerzen. Vielleicht ist es aber auch der Hunger, der an mir nagt, wer weiß…

#Mythos #proKindeinZahn

Es gibt den Mythos, dass man als Dosenöffner-Mutter mit jedem Kind einen Zahn verliert. Mir wurde nicht gesagt, dass das auch auf den Hauskater zutrifft. Dann hätte ich es mir noch einmal überlegt, ob ich mich so auf den Neuankömmling gefreut hätte. Immerhin habe ich nur noch vier Zähne, da kann man sich viel weniger nicht leisten, um noch gut jagen zu können.

Gestern schaute mich die Dosenöffnerin länger an. Ich hoffte, dass ihr aufgefallen war, dass ich in den letzten Wochen gefühlt die Hälfte meines Gewichtes verloren hatte und sie mir nun entsetzt Essen bringen würde. Ihr Blick wandelte sich plötzlich und sie schaute schockiert. Nach einem lauten Aufschrei fing sie an mir im Maul herumzustochern. Das fand ich alles andere als lustig, vor allem als der Dosenöffner auch noch mitmachte. Hallo, es ging um meine magere Figur! Holt eure Hand da heraus, wenn da keine Leckerlis für mich dabei sind. Nachdem sie mich endlich losließen und ich einen Blick in den Spiegel warf, bevor ich mich auf die Jagd machen wollte, war ich mindestens genauso geschockt wie sie! Mir fehlt mein rechter Fangzahn. Das war also der Grund für die Zahnschmerzen.

Auch wenn es egal ist, wie genau das passierte, da ich erst schauen muss, was für Konsequenzen das für mich und den Mäusefang in diesem Haus haben wird, möchte ich einige Vorwürfe von mir weisen. Nein, es liegt nicht daran, dass ich ab und an das Marmeladenbrot der kleinen Dosenöffnerin ablecke, wenn sie nicht aufpasst, und wohl kaum daran, dass ich heimlich nachts die Puddingschalen der Dosenöffner auslecke, wenn sie sie zu meinem Glück ausversehen auf dem Tisch oder in der Spüle vergessen haben. Das behaupten sie jedoch unverschämterweise!

Hier erfahrt ihr die Wahrheit: Es liegt daran, dass ich mich für dieses Haus einsetze, Eindringlinge jage und an meine körperlichen Reserven komme. Wenn man unterernährt ist, dann zieht man sich im Kampf schneller Verletzungen zu, als wenn man ein gutes Leben führt! Das ist eure Schuld nicht meine! Leugnet es nicht!

Und wenn ich so darüber nachdenke, dass sie mir erzählten, dass die früheren schwarzen Kater auch keine Zähne mehr hatten, um mich zu beruhigen… Macht mich das eher nervös. Ist da ein Plan dahinter? Wollen sie alle Kater in diesem Haus zahnlos machen? Warum? Ich bin auf der Hut!

#Zeitumstellung

Das letzte Wochenende war seltsam und nicht erfreulich! Ich hoffte, es würde besser werden, aber dem war nicht so, deshalb muss ich die Ereignisse mit euch teilen. Die Dosenöffner scheinen verrückt geworden zu sein, im wahrsten Sinne des Wortes nicht mehr richtig zu ticken. Warum?

Das Essen gibt es seit Sonntagmorgen immer eine Stunde später als gewohnt. Ich muss nun nicht immer nur eine Stunde Weinen und Klagen, bevor man mir auftischt – sondern zwei! Ich dachte Sonntagmorgen erst, sie hätten sich einfach verspätet, auf meine Bedürfnisse wird in diesem Haushalt häufiger nicht so viel Rücksicht genommen. Aber nachdem sich die unerfreulichen Ereignisse täglich wiederholten, glaube ich nicht mehr an ein Versehen.

Zudem erzählen sie jetzt auch noch völligen Unsinn. Sie sagen immer, ich hätte mein Futter um sechs Uhr bekommen. Was bitte schön bedeutet sechs Uhr? Ich habe meine innere Uhr, da brauche ich keine unnötigen Hilfsmittel, die zudem jedem Kater das Leben eher schwer machen, als es zu erleichtern. Denn dieses ,sechs Uhr' war generell sowieso immer zu spät.

Aber jetzt heißt es, sechs Uhr wäre noch später, als es sowieso schon war: Samstag war es noch hell, als ich mein Abendessen bekam und ab Sonntag ist es stockduster. Spinnt ihr? Das ist nicht die gleiche Zeit! Wen wollt ihr damit hinters Licht führen. Ist das jetzt eine neue Art von Diät oder warum muss ich erneut hungern?

Das Schlimme ist, dass bei all ihren fixen Ideen immer ich der Leidtragende bin. Was kommt als nächstes? Das neue Katzenfutter ist durchsichtig, aber es schmeckt wirklich wie das alte und du verhungerst nicht, wenn du dich davon ernährst? Die Perserkatze darf jetzt auf deinem Schlafplatz ihren Haufen machen, dann ist es bequemer für dich und für uns leichter zu putzen? Wenn du weniger isst, nimmst du mehr zu?

#Verpflichtungen #hartimNehmenm

Auch wenn sie meine Arbeit nicht zu schätzen wissen und es hier deutlich zu wenig Futter gibt, weiß ich, was die Verpflichtungen eines Hauskaters sind: Ich habe ihnen eine Amsel gefangen. Manch einer behauptet, es wäre ein Rabe, ich verneine dieses Gerücht natürlich nicht, aber mit euch kann ich ehrlich sein: Es war eine nur eine größere Amsel.

Sie musste viele Federn lassen. Das war natürlich gleich ein Kritikpunkt und dass sie in das Kinderbett gekackt hat, fanden sie unmöglich. Was kann ich denn dafür? Eine Amsel mit perfekten Manieren zu fangen, das ist nicht meine Aufgabe, dafür sollten sie lieber in ein Zoogeschäft gehen. Und neben der fehlenden Wertschätzung und dem Lob, kam es auch noch zu dem Eklat schlecht hin, sie grillten sie nicht für mich auf dem Balkon, sondern ließen sie wegfliegen. Meine Empörung könnt ihr euch vorstellen. Sie haben kein Interesse an meinen wichtigen Beiträgen für diese Wohngemeinschaft.

Nun geht die Geschichte noch weiter, angeblich habe ich den ‚bösen Vogel' gefangen, der abends immer durch unser Küchenfenster schaut und die kleine Dosenöffnerin erschreckt. Noch einmal: Es war eine stinknormale Amsel. Aber vielleicht sollte ich die großen Dosenöffner in diesem Glauben lassen, vielleicht sind sie mir dann dankbar und schimpft nicht immer, weil ich ihre Teller – besonders gerne mag ich Fleischreste oder den Nachtisch – nach dem Essen vorbildlich mit meiner rauen Katzenzunge sauberlecke. Von mir aus könnten sie gerne die Geschirrspülmaschine abschaffen. Ich kann das auch. Das wäre zudem viel Wasser sparender. Aber diese Aufgabe traut mir scheinbar keiner zu…

Auch wenn ich – wie so häufig – einen tollen Fang gemacht habe, muss ich zugeben, dass ich irgendwie nicht so fit bin…

Nun tut mir nicht nur der ausgefallene Zahn weh, sondern der andere obere Fangzahn fühlt sich auch komisch an. Zahnschmerzen sollten doch nicht so schlimm sein. Ich hoffe, das geht bald wieder weg. Vielleicht hat das etwas mit meiner Diät zu tun. Wahrscheinlich sind da wieder die Dosenöffner dran schuld, weil ich dank ihnen unter Mangelerscheinungen leide… Vielleicht ist es Skorbut aufgrund der drastischen Mangelernährung.

#Déjàvu

Es ist schon wieder passiert. Ich saß gemütlich auf meinem Bett und philosophierte darüber, wie es wäre, immer rechtzeitig und genug zum Futtern zu bekommen. Zugleich war ich immer noch fassungslos, dass sie mein Frühstück vergessen hatten und dementsprechend geschwächt. Da ging die Tür auf, die Dosenöffnerin kam herein, nahm mich auf den Arm und bevor ich noch etwas tun konnte, steckte sie mich in den Käfig, der hinter der Tür versteckt war. Mist!

Und keine zehn Minuten später standen wir schon vor dem Haus des Grauens, in dem der Tierarzt arbeitet. Wieso muss der auch so nahe bei uns ‚arbeiten‘, ‚quälen‘, wie auch immer man das nennen mag? Kurz später gingen wir in die Praxis des Schreckens und der Dosenöffner ließ mich in meinem Käfig zurück. Ich wusste sofort, dass ich nun um mein Überleben kämpfen musste… Alle gegen Carlo, hieß es nun! Doch erneut tricksten sie mich aus und nach dem Piecks der Spritze hatte ich ein völliges Blackout und erinnerte mich an nichts mehr.

Als ich aufwachte, war ich benommen. Ich dachte kurz die Dosenöffnerin wollte mir etwas antun, aber sie wollte mich nur von meinem Verband befreien und mich aus dem Käfig auf das Bett der kleinen Dosenöffnerin legen. Also ließ ich es geschehen und ruhte mich dort aus. Nun, einige Stunde später tut mir ein wenig das Maul weh. Die Tür nach draußen ist zugesperrt und beim Blick in den Spiegel musste ich mit Entsetzen feststellen, dass ich nur noch die beiden Fangzähne unten besitze. Was ist passiert? Was haben sie mir angetan? Angeblich hätte der andere Zahn oben auch gewackelt. Lügen!

Und wenn ihr denkt, das war es mit der Katzenquälerei, habt ihr euch getäuscht. Ich esse wirklich alles, aber da musste selbst ich mich überwinden. Sie hatten mir ein Medikament in eklige Wurst gesteckt. Ich würgte es runter, da ich Angst hatte den Hungertod zu sterben, wenn ich nicht bald gegessen hätte.

Während ich traurig in der Küche saß mit meinen Schmerzen, da sah ich, wie sie dem kleinen Dosenöffner sein püriertes Essen gaben und immer, wenn er es ausspuckte, ihm erneut halfen, es hinunterzuschlucken. Und ich? Ich muss auf dem Boden sitzen mit ekliger Wurst, die ich schlucken muss, da ich sie nicht kauen kann. Diese Doppelmoral! Ich mag den Kleinen echt gerne, aber außer Spucken und Schimpfen macht der nichts für die Familie und ich so viel. Gedankt wird mir das leider nicht.

Das Leben als zahnloser Panther ist manchmal sehr hart.

#catout #burnout

Die letzten Tage waren nicht einfach. Ich kam einige Mal an meine Grenzen, körperlich und mental. Und ihr wisst, ich halte vieles aus, aber das war selbst für mich anspruchsvoll.

Was passiert ist? Sie haben mein Schlafzimmer umgebaut, was ich als Zumutung empfand, aber optimistisch wie ich bin, auch als Herausforderung annahm. Jeden Tag musste ich mir einen neuen Schlafplatz suchen, ihr wisst, wie stressig das ist. Manchmal schlief ich besser, manchmal schlechter. Und dieser regelmäßige Baulärm verbesserte meinen so wichtigen Schlaf auch nicht, verärgerte mich manchmal sehr. Es war also keine leichte Zeit. Aber dann kam die große Veränderung.

Sie haben mir – ohne zu fragen wohlgemerkt – ein neues Bett gekauft! Ein riesiges Bett. Vorher haben wir ja zu fünft (ich – der Kater nennt sich immer zuerst –, die zwei Dosenöffner, plus ab und an die kleine Dosenöffnerin und der kleine Dosenöffner) in einem ihrer Meinung nach ‚kleinen‘ Bett geschlafen. Das war ‚nur‘ ein Meter und vierzig Centimeter – da passten mindestens 30 Katzen hinein und die stellten sich so an… Es gab da viel Platz zum Kuscheln drinnen. Jetzt haben wir ein zwei Meter großes Bett. Das finde ich nicht so praktisch. Wenn ich mich auf den Kopf der Dosenöffnerin beim Schlafen lege, dreht sie sich weg. Vorher ging das nicht und jetzt muss ich nachts immer wieder wandern, damit ich weiterhin auf ihrem Kopf schlafen und ihr ins Gesicht atmen kann. Keine Ahnung, wieso sie das zu stören scheint… Das ist doch total bequem!

Und tagsüber bin ich nur am Arbeiten und keiner scherrt sich darum oder wertschätzt es wenigstens. Ich muss das ganze Bett alleine einschlafen. Also liege ich nun schon seit Tagen immer wieder auf anderen Stellen der Matratze. Keiner von denen kümmert sich um diese Arbeit. Ein neues Bett kaufen, aber nichts dafür tun, das sieht ihnen ähnlich. Selbst die Perserdame hat sich verzogen. Nur ab und an unterstützt mich der kleine Dosenöffner. Wegen des ganzen Stresses bin ich kurz vor einem Burnout, im Katerjargon auch als ‚Catout‘ bezeichnet. Nebenher noch das schlechte Wetter, nervige Nachbarskatzen und mein täglicher Kampf ums Überleben… Gesund kann dieses hohe Stresslevel langfristig nicht sein. Trotzdem muss ich tun, was ein Kater tun muss und verrichte weiter vorbildlich meine Arbeit.

Aber irgendwann werde ich meine Überstunden abbauen und in Katzenkur gehen, da werden sie schon sehen, wie aufgeschmissen sie ohne mich sind.

#April #derAprilmachtwaserwill #Schneechaos

Also die letzten Tage dachte ich, nicht nur meine Dosenöffner wollten mich auf den Arm nehmen, sondern die ganze Welt.

Da war ich Ende März dabei mein Winterfell zu verlieren und mich fleißig am Putzen, damit mein Sommerfell in vollem Glanze strahlte, ab und an musste ich bei der harten Arbeit sogar ein Fellknäul herauswürgen. Na ja, die alltäglichen Probleme eines Katers. Das Fell wurde auf jeden Fall immer dünner und schöner. Ich weiß halt, wie man sich herausputzt, damit die Katzendamen vor Begeisterung der Reihe nach in Ohnmacht fallen! Und da hatte ich mich gerade wieder draußen angekündigt und deutlich gemacht, dass die Mäuse nicht mehr, wie sie wollen, im Garten tanzen können, sondern bald auf meinem Teller landen oder auch im Kinderzimmer verstecken spielen dürfen. Ihr habt es gehört, der schwarze Kater ist aus seinem Winterschlaf erwacht und verbreitet Angst und Schrecken unter den nervigen Nagern.

Und plötzlich war da Schnee. Ihr wisst, ich mag schon keine Winterspaziergänge, das ist viel zu kalt für meinen sonnenverwöhnten, spanischen Katerkörper. Schnee macht die unerhörte Situation noch viel schlimmer. Ich konnte nicht nur nachts nicht spazieren gehen, sondern auch am Tag ging das nicht. Da musste halt das Klo der Perserdame herhalten und die Dosenöffner waren wieder genervt. Sollen sie doch bei Minusgraden Pipi im Freien machen! Der Wind und der Regen machten es nicht besser. Also saß ich vorm Fenster und fragte mich, welcher der Dosenöffner nicht seinen Teller leer gegessen hatte – ich hätte es ja für sie übernommen, aber mich fragt natürlich wieder niemand... Blöde Diät!

Hier sitze ich immer noch, schaue weiter aus dem Fenster und traue dem Frieden nicht. Sicher, dass es gleich zu schneien beginnt, wenn ich eine Pfote vor das Haus wage oder noch schlimmer, wenn ich gerade einen Haufen mache. Zudem wäre es wirklich dramatisch, wenn mein frisch geputztes Sommerfell dreckig werden würde.

#Henkersmahlzeit

Und erneut habe ich mich in meinen Dosenöffnern getäuscht. Ich dachte, sie hätten mich verstanden, das Leben mit der permanenten Diät wäre endlich zu Ende und alles gut. Aber dem war nicht so! Wenn du denkst, alles wird besser, dann sei vorsichtig, um nicht wie ich enttäuscht zu werden. Das ist leider die Katerweisheit des Tages.

Was passiert ist? Ich hatte euch bereits berichtet, dass der kleine Dosenöffner Fleischpüree bekommt, um noch größer und dicker zu werden – eben kommt es mir, vielleicht wollen sie ihn essen, wie in diesem Märchen: Kleiner Dosenöffner, kleine Dosenöffnerin und die Hexe. Zutrauen würde ich ihnen nach der letzten Aktion auch das.

Warum sie ihm so viel Essen geben, weiß ich nicht... Er ist mit zehn Monaten doppelt so schwer und deutlich größer als ich. Keine Ahnung, wo der noch hinwachsen will. Bald kann er ausziehen und selbst püriertes Fleisch fangen.

Aber zurück zum Thema! Sie gaben ihm das pürierte Fleisch und plötzlich machte die Dosenöffnerin den Rest aus der Gefriertüte in meinen Napf. Ich schaute ganz verwirrt, aber wartete voll Hoffnung, was passieren würde. Und wirklich, wenige Stunden später, wurde es mir hingestellt. Ich fühlte mich, wie der verlorene Kater und war so glücklich, dass endlich meine Bedürfnisse auch wichtig sind. Es war Hühnchen! Am nächsten Tag passierte das gleiche mit Rindfleisch. Ich war so im pürierten Fleischrausch, dass ich nicht mitbekam, dass ihre Klamotten immer mehr in Koffern und Taschen verschwanden.

Und eines Morgens wachte ich auf, wurde von ihr aus dem Schlafzimmer getragen, Richtung Küche, wo ich mir noch mehr püriertes Fleisch erwartete. Welch Trugschluss! Plötzlich ganz schlaftrunken befand ich mich in einem Käfig, mit der Perserdame. Sie haben mich nicht wertgeschätzt, es war meine Henkersmahlzeit und sie fahren an diesen Höhlenort namens ‚Urlaub'. Keine Ahnung, wie lange ich wieder in der ‚Katzenpension' in Haft bin und mir ein Zimmer mit der Perserdame teilen muss, die jede freie Minute nutzt, um an meinem Popo zu riechen.

Hilfe!
SOS!

#Rückkehr #Homesweethome #not

Hier bin ich wieder. Vielleicht freut ihr euch darüber. Ich mich gar nicht! Wenn ihr glaubt, dass ein Monat mit der Perserkatze in einem Zimmer – oder wie ich es bei den anderen Katzen gerne nannte ‚das Perserkatzen-Gefängnis' – der größte Albtraum ist, dann täuscht ihr euch. Der heutige Tag war noch viel schlimmer, als das ständige ankuscheln an mich, wenn ich schlafen will, oder dass sie ständig an meinem Popo riecht, wenn ich versuche zu fressen… Vielleicht habe ich aus Frust ein bisschen viel gefuttert und aufgrund des Bewegungsmangels konnte ich nicht mehr machen, als die Zeit dort abzuschlafen. Aber ohne Begrüßung einfach festzustellen: „Der ist ganz schön dick geworden. Da waren die letzten drei Jahre Diät für umme!", geht wirklich zu weit! Ich sag ja auch nicht, dass sie dick geworden sind, seit sie wegen #CoronaDuHund selten das Haus verlassen.

Und dann standen wir auf der Heimfahrt noch im Stau. Ich maunzte die ganze Zeit laut und sie sagten immer, ich sollte mich doch beruhigen. Es wäre alles gut! Wenn die wüssten. Die Dosenöffner glauben immer, ich wäre eine ‚Dramaqueen', wenn ich in diesen Käfig muss. Und ja, ich hasse ihn, weil das immer bedeutet, dass ich eine Spritze in meinen hübschen Katerpopo bekomme oder irgendwohin komme, wo die Perserdame mir immer an selbigen dranklebt. Kann mich gar nicht entscheiden, was schlimmer ist.

Dieses Mal hatte ich jedoch berechtigt ein großes Bedürfnis. Und irgendwann konnte ich es nicht mehr halten. Ihr könnt euch nicht vorstellen, wie demütigend es ist, aber ich musste in meinen Käfig kacken, vor den Augen der Perserdame. Schlimmer geht immer! Und statt Mitleid zu haben, fangen die laut an zu stöhnen. Und da schimpft er: „Carlo, das ist doch nicht dein Ernst!" Hallo, das sind natürliche Bedürfnisse. Ich kommentiere auch nicht den Geruch, wenn er sich auf die weiße Schüssel setzt und es durch meine Katzenklappe nach draußen zieht.

Da machen die das Fenster auf und drehen den Käfig so, dass der ganze Wind hineinzieht. Keine Ahnung, was die damit bezwecken wollten, aber mir stank das gewaltig. Und wenn ihr glaubt, dass das schon der Höhepunkt der Horrorfahrt war, dann täuscht ihr euch leider gewaltig.

Ich muss erst einmal kurz Luft holen, sonst rege ich mich wieder auf…. Und nein, ich male hier nicht den schwarzen Kater an die Wand!

Als ich also dachte, der Tag könnte nicht mehr schlimmer werden, wurde ich eines Besseren belehrt. Denn als mir der ganze Wind und der Haufen um die Nase wehten, tat ich einen falschen Schritt und steckte mit der Pfote tief in der Kacke. Ich war selbst entsetzt darüber, da war es gar nicht nötig, dass der große Dosenöffner rief: „Oh nein, Carlo, ist in seine Kacke getreten!" Das macht es nicht besser… Mich aus diesem Käfig zu lassen, wäre in so einem Moment angebracht! Denn die Kacke war wirklich am Dampfen. Stattdessen wird die angeknackste beziehungsweise angekackte Katzenehre noch weiter gekränkt. Sie so: „Was?! Oh nein! Carlo!"

Genauso so haben wir es gerne, sie sperren mich hier ein und ich bin der Buhkater! Ich wette, wenn ich die in dieser weißen Schüssel, wo sie ihre Geschäfte verrichten, einsperren würde, dann ständen sie auch ziemlich schnell mit ihren Füßen dadrinnen.

Und da wagt sie sich auch noch zu sagen: „Du hattest doch die letzten vier Wochen so viel Haufen machen können, wie du wolltest, aber nicht jetzt!" Ha, ha, als ob ich vier Wochen lange alles drinnen behalten hätte, nur um das jetzt in diesen kleinen Käfig zu machen und dann absichtlich hineinzutreten? Wäre ich draußen gewesen, hätte ich ihr eine verpasst.

Nach einer gefühlten Ewigkeit und einer weiteren Pfote in meinem Haufen, kamen wir endlich an und was machen sie? Statt dass sie mich unverzüglich hinauslassen, damit ich mich gemütlich auf ihr Bett setzen kann, um meine Pfote zu säubern, sperren die mich ins Bad. Sie hält mich fest und er kommt mit einem Waschlappen und macht meine Pfoten nass. Sagt mal, spinnt ihr? Wasser? Nicht euer Ernst! Scheinbar die einzigen Dosenöffner, denen noch nicht bekannt ist, dass Wasser der Todfeind jeden Katers ist. Ich bin abgegangen wie Schmitz' Katze. Sie hatten Glück, dass sie das überlebt haben!

Und dann wird auch noch die Katzenklappe zugemacht, damit ich mich beruhigen und mich wieder einleben könnte. Ich hörte die ganze Nacht draußen die anderen Katzen lachend durch mein Revier streifen. Mein Stresspegel war stark erhöht. Und wisst ihr, was sie morgens zu mir sagt, als ich aufwache und um Futter bitte: Ich sollte erst Kalorien verlieren, bevor ich welche zu mir nehme! Wie soll ich bitte schön meiner Arbeit nachgehen und mich auch noch sportlich betätigen, wenn ihr mich einsperrt?

So etwas nennt sich übrigens ,Catbodyshaming'! Dabei möchte ich nur so sein, wie ich will. Und zwar ein paar Kilo schwerer, damit der Hunger mich nicht mehr dauernd ärgert. Warum müssen sie immer behaupten, ich wäre fett? Ich erzähle den Nachbarskatzen ja auch nicht von ihren Figurproblemen. Das geht sie nichts an, sie könnten lieber etwas Nützliches tun und mir Futter hinstellen!

#Hitze #ArmerSpanier

Es war so unerträglich heiß die letzten Tage, da kam ich zu nichts. Nur meine Spaziergänge nachts sind einigermaßen entspannend. Einige werden jetzt sagen, dass ich mit meinen spanischen Wurzeln bestimmt heißes Wetter gewohnt bin... Ich wohne schon lange nicht mehr in Spanien und als ausgehungerter, schwarzer Kater sind diese Zeiten nicht einfach! An heißen Tagen verbrenne ich so viele Kalorien, dass ich Angst habe, am nächsten Tag nicht mehr auf meinen dünnen, zittrigen Beinen hochzukommen! Meistens liege ich also im Flur vor der Küche, um nicht so einen weiten Weg zu meinem

Futternapf zu haben, falls er sich glücklicherweise füllt. Das passiert leider nicht so oft…

Und die Hitze macht meinen klugen Kopf ein wenig Gaga. So lag ich heute auf der Treppe der Eingangstür, um mich mit Hilfe der kalten Fliesen etwas abzukühlen und habe dabei so fest geschlafen, dass mir erst viel zu spät bewusst wurde, dass das Abendessen bereits angerichtet sein musste.

Als ich in die Küche kam, saßen sie schon am Essen und mein Napf war natürlich nicht gerichtet. Alle essen und der arme, schwarze Kater muss erst einmal sein Leid klagen, um überhaupt zur Kenntnis genommen zu werden. Die Verwandtschaft ist übrigens da und wird gut bewirtet, wahrscheinlich kürzen sie das an meinem Futter. Meine Plätze haben sie schon eingenommen und die große Tür zu meinem Bett ist seit ihrer Ankunft immer zu. Sie mögen keine Katzenhaare im Bett, was sind das für Menschen? Mit denen kann etwas nicht stimmen. Für was mühe ich mich ab und verteile überall meine Haare, wenn sie das nicht wertschätzen können?

Zudem bin ich nachts leider nicht willkommen im Bett meiner Dosenöffner, da sie behaupten, ihn wäre zu warm. Ja, das sind Luxusprobleme, von denen läuft niemand mit einem schwarzen, dicken Fell herum und trotzdem klagen sie unaufhörlich, aber mein Katzenjammer nervt sie…

Bei diesen Temperaturen sind sie noch deutlich anstrengender als sonst!

#oopsithappendagain

Es hat gedauert, aber vor nicht allzu langer Zeit war es mir endlich möglich, normal mit zwei Zähnen zu leben. Das Mäusefangen klappte wieder, die Nachbarskatzen hatten wieder

Respekt vor mir, da sie feststellten, dass ich ihnen auch so mit meinen kampferprobten Tatzen eine verpassen kann und die Perserdame schaute mich nicht mehr blöd an.

Aber vor ein paar Tagen passierte, was niemals hätte passieren sollen. Ja, vielleicht sollte ich aufhören, den Nachtisch heimlich abzulecken… Ist jetzt auch zu spät! Was soll ich sagen. Ich habe erneut einen Zahn verloren. Ich kann es selbst kaum glauben, dass es so weit kommen musste, und bin immer noch fassungslos, dass das passiert ist.

Die Dosenöffnerin hatte es nicht bemerkt. Ein Gast musste sie erst darauf ansprechen. So wenig Beachtung wird mir in diesem Haus geschenkt… Und dann wollte sie natürlich gleich schauen, wogegen ich sofort protestierte. Hallo, ich lasse mir nicht von jedem ins Maul schauen. Die hat doch einen Vogel! Die kleine Dosenöffnerin war auch schockiert. Da erzählten sie ihr, ich hätte den Zahn verloren, weil ich nicht richtig Zähneputzen würde. Was? Katzen sind nicht so primitiv, dass sie eine Zahnbürste brauchen, wir schaffen das auch ohne!

Zwei Tage später hatte ich den Vorfall wieder vergessen, da etwas anderes mein Gemüt verstimmte. Ich bekam Abendessen, aber danach machten sie vor meinem Nachtspaziergang die Katzenklappe zu. Das hatte mich richtig verärgert. Mehrere Ausbruchversuche scheiterten. Und heute Morgen gab es kein Frühstück. Ich war wirklich mies gelaunt und hatte ein schlechtes Gefühl. Und plötzlich packte sie mich und steckte mich rückwärts in den Katzenkäfig. Sie weiß genau, dass ich das niemals geschehen lassen würde, wenn ich ihn vorher gesehen hätte. Deshalb machen sie es aus dem Hinterhalt. Das ist nicht nett!

Der Weg zum Tierquäler – ich wusste sofort, wo es hingeht. Ich bin ja nicht blöd! – war ziemlich holprig. Sie hatte den kleinen Dosenöffner unterm Arm und meinen Käfig in der anderen Hand. Der hätte auch wie jeder andere Kater auf vier

Pfoten dahinlaufen können, damit ich nicht so durchgeschaukelt werde. Aber nein, der kleine Dosenöffner bekommt hier einen Service, den sich manch Kater nur erträumen kann.

Als ich mich wehrte meinte der Tierarzt, dass er mir doch nur helfen würde. Dass das eine Lüge war, war mir sofort klar. Was ich jedoch beim Aufwachen aus der Narkose feststellen musste, übertraf alle meine bisherigen Albträume bei Weitem…

Als ich aufwachte, hoffte ich, tief in meinem Inneren, dass er Recht hätte und sie mir wirklich nur helfen wollten. Der Speichel lief mir in Strömen aus dem Maul und ich fühlte mich benommen. Ich saß lange alleine in meinem Käfig, bis endlich die große mit der kleinen Dosenöffnerin erschien. Da meinte die kleine Dosenöffnerin wahrhaftig: „Pfui, Carlo spuckt!" Wäre ich nicht so benommen gewesen, hätte ich mich geärgert und vielleicht wäre mir auch die Pfote ausgerutscht.

Da stellt der Tierarzt als Nächstes fest, ich wäre schon ein älterer Kater. Bitte, was? Was nimmt der sich raus, so etwas zu sagen? Erst mich aus dem Hinterhalt betäuben und dann auch noch so einen Unsinn erzählen.

Auch beim nächsten Thema dachte ich erst, ich hätte mich verhört, doch im Laufe des Abends musste ich leider feststellen, dass dem nicht so war. Sie sagten, mein Zahn hätte sich von Innen aufgelöst und die Wurzel hätte herausoperiert werden müssen. Deshalb haben sie mir auch gleich den letzten gezogen, damit mit ihm nicht das gleiche passiert. Dass ich nicht lache! Sie wollten mich nur außer Gefecht setzen und mich zahnlos machen. Warum passiert immer mir so etwas? Jetzt bin ich auf der Hut. Einen weiteren Zahn werden sie nicht von mir bekommen!

Aber als ob das nicht alles gewesen wäre, steht noch der Rest der Familie der großen Dosenöffnerin draußen, inklusive dem Hund einer Verwandten. Muss das sein? Was soll dieses

Abholkommando? Reicht es nicht, mich zahnlos den anderen Katzen zu präsentieren, wollen sie mich nun vor allen ihn bekannten Personen demütigen?

Zuhause angekommen, sperrten sie mich ins Schlafzimmer, darüber war ich ganz froh, da ich beim Hochspringen fast wieder rückwärts aus dem Bett gefallen wäre. Mein Kopf dröhnte. Die kleine Dosenöffnerin schenkte mir gleich ihre volle Aufmerksamkeit und setzte sich neben mich. Ich hoffte, sie möge mich streicheln, aber falsch gedacht. Sie sang lautstark: „Miau, miau, miau!" Das wäre ein Schlaflied in meiner Sprache und ich sollte jetzt einschlafen. In welchem Irrenhaus bin ich hier gelandet? Das kann man nur unter starker Medikation ertragen… Leider lässt die Wirkung bei mir nach und es ist schmerzhaft ihnen zuzuhören!

Das Einzige, was mich besänftigte, ist, dass es nun dreimal am Tag Thunfisch gibt, auch wenn er etwas anders schmeckt als in meiner Erinnerung… Aber bestimmt haben sie mir da nichts daruntergemischt, Schmerztabletten oder Antibiotika würde ich sofort herausschmecken. Ich bin ja ein kluger Kater!

Ich muss mir nun Gedanken über meine Zukunft machen. Als nächstes steht auf meiner To-Do-Liste zu lernen, wie man Mäuse totsabbert.

Und wenn Du glaubst, es geht nicht mehr, kommt von irgendwo ein #Lichtlein her

Es gab viel Trubel und Stress für mich die letzten paar Wochen und da habe ich mich trotz des Thunfischs nicht immer genügend von den großen Dosenöffnern beachtet gefühlt. Jedoch muss ich sagen, dass meine Bedürfnisse nicht allen in diesem Haus egal sind. Diese Behauptung wäre nicht fair.

Die kleinen Dosenöffner wissen manchmal einfach mehr als die großen – Kinder regieren die Welt! Ich hatte euch bereits vom kleinen Dosenöffner erzählt, der Trockenfutter um sich warf, als wäre es Konfetti. Er scheint mitbekommen zu haben, dass mir das Kauen ohne Zähne schwerfällt. Und was macht der kleine Held? Er schleicht sich erneut, wenn keiner zuschaut, an die Futterschublade. Doch dieses Mal greift er nicht ins Trockenfutter. Nein! Er ist zu klug für diese Welt.

Er greift zu dem offenen Beutel mit Nassfutter. Warum da ein offener Beutel in meinem Napf in der Schublade liegt? Mein Essen wird ja rationiert und ich bekomme immer nur einen halben Beutel pro Mahlzeit und etwas Trockenfutter. Ich kann es selbst nicht fassen, dass sie einen angebrochenen Beutel für einen halben Tag liegen lassen, aber die angebrochene Tafel Schokolade liegt bei ihnen keine zwei Stunden auf dem Schreibtisch… Hoffentlich fallen ihnen dafür auch die Zähne aus! Aber nun ja, das Thema Doppelmoral hatten wir schon häufiger und dass ich am Hungertuch nage, muss ich bei diesen Lebensbedingungen nicht erwähnen.

Auf jeden Fall greift er in die Schublade, nimmt den Beutel. Ich glaube, meinen Augen nicht trauen zu können. Die Dosenöffnerin kommt noch zu ihm gerannt und ruft lautstark: „Nein, nein, nein!" Aber da ist es schon zu spät und es gibt in diesem Haus endlich einen Kater, der sein Glück kaum fassen kann! Das Nassfutter fliegt nur so aus dem Beutel, landet überall auf dem Boden. Das Glück ist mit den Zahnlosen. Das war ein Fest, sage ich euch. Bei so viel Genie und Warmherzigkeit kann sich selbst die große Dosenöffnerin nur noch mit den Worten: „Ja, Carlo, du kannst das ruhig sauber machen!" geschlagen geben.

Ach, dieser kleine Dosenöffner ist wirklich gut geraten!

Nach der Bloßstellung der letzten Woche bin ich seit Tage etwas genervt um die Häuser gezogen, um zu sehen, ob alle noch genügend Respekt vor mir haben. Das geht auch zahnlos. Die lauen Sommernächte eignen sich dafür besonders gut, da legen sich die ganzen vorlauten Miezen vor ihren Häuschen auf die kühlenden Steine und beobachten, was nachts so kreucht und fleucht.

Bei meinem Anblick nahmen die meisten gleich Reißaus. Bloß einmal, da blieb eine Katze dreist auf der Straße liegen, als wäre das ihr Revier. Wenn ich das nur sehe, werde ich schon aggressiv. Ich hatte das Gefühl, dass da ein hämisches Grinsen in ihren Augen zu sehen war. Ja, vielleicht war das zu dramatisch. Ja, vielleicht kann ich mich manchmal nicht zusammenreißen. Ja, vielleicht bin ich ein bisschen cholerisch. Aber es ging nicht anders…

Erst am nächsten Tag, nach meinem völligen Blackout konnte ich mich aufgrund der Erzählungen der Dosenöffnerin, an die Ereignisse der Nacht zurückerinnern und da kam mir auch wieder der angenehme Geruch von Blut in die Nase. Sie berichtete dem Dosenöffner, dass sie an das Fenster kam, da laute Schreie die nächtliche Stille durchdrangen. Und nicht nur sie, auch ihre Nachbarn von gegenüber schauten verwundert aus dem Fenster. Sie erklärte ihnen über die Straße hinweg: „Carlo, tötet!" Schade, dass ich diese respektvollen Worte in diesem Moment nicht hören konnte, aber auch so ging das runter wie Katzenfutter – so war doch das Sprichwort, nicht? – und ich war erleichtert, dass ich nachts meinen Kater gestanden habe. Ja, mit Carlo ist nicht zu spaßen, das weiß spätestens jetzt jeder!

Auch wenn alle angetan waren, dass ich mein Revier verteidige und sie dank mir keine ungebetenen Gäste in ihrem Garten haben, wurde das nicht mit Futter kompensiert… Das wäre ja auch zu schön gewesen, um wahr zu sein.

#Futterohnemich #dabrautsichwaszusammen

Nur alle paar Monate passiert dieser magische Moment: Der neue Trockenfuttersack wird feierlich eröffnet. Zehn Kilo voller Glück wurden von diesem Sack in den passenden großen Plastikbehälter gefüllt. Auch wenn ich täglich hungere, stellte ich erleichtert fest, dass es zumindest in diesem Haus nicht an Trockenfutter mangelt, auch wenn sie das – aus welchen Gründen auch immer – für mich rationieren. Das macht mein Leben nicht schöner, aber nachts schlafe ich zumindest besser, wissend, dass es keinen Futterengpass geben wird.

An eine Foltermethode grenzt jedoch, dass ich diesen wunderbaren Geruch rieche, das einmalige Geräusch höre und sie mir nichts geben, obwohl ich deutlich kundtue, dass mir mindestens die Hälfte jetzt sofort zusteht. Das ist nicht fair… Manchmal frage ich mich, ob sie so geizig damit umgehen, weil sie abends heimlich selbst davon snacken. Wer weiß, zu zutrauen wäre ihnen alles!

Aktuell sind sie generell sehr komisch. Also ich verliere auch bei zu viel Hitze mein dickes Fell – oder liegt es an der Mangelernährung und dem Psychostress? Egal, warum sie plötzlich überall ihre Klamotten herumliegen haben, verstehe ich nicht. Und da liegen so seltsame große Taschen, sie nennen sie Rucksäcke… Sie sind auf jeden Fall praktisch, um darauf zu schlafen. Aber an irgendetwas erinnert mich das, ich weiß bloß nicht, woran genau.

Wahrscheinlich brauche ich ein paar Tage Urlaub von den letzten stressigen Wochen, damit ich wieder alle ihre seltsamen Eigenheiten deuten und verstehen kann. Ich hoffe, da braut sich nicht wieder etwas zusammen. Schon schlimm, dass ich bei jeder Kleinigkeit so skeptisch und ängstlich reagiere. Das Leben als schwarzer Kater ist nicht einfach in diesem Haus…

#backathome #noholidays #Desillusion

Leute, Leute. Carlo ist zurück. Und ich wäre froh, euch endlich einmal etwas Schönes zu berichten… Aber nein, leider startet der Tag auch heute mit Katzenjammer.

Die letzten zwei Wochen waren der Horror. Ich hatte es geahnt aber versucht zu verdrängen. Es gab schon wieder ‚Urlaub', keine Ahnung, wieso die glauben, sie könnten sich so oft eine Auszeit gönnen. Ich gönne mir nie eine Auszeit und arbeite 365 Tage im Jahr.

Auf jeden Fall wurde ich heute endlich wieder abgeholt, leider haben sie die Perserdame auch mitgenommen. Zudem beobachten sie mich die ganze Zeit skeptisch und lassen mich nicht in den Garten, weil ich heute Morgen als Fluchtversuch gehinkt habe. Hallo, das ist ja wohl klar, dass ich mich in diesem ‚Hotel' nicht verletzten kann, das ist viel zu klein. Ich wollte bloß, dass die ‚Edelkatze' aufhörte, mir am Popo zu riechen, und dachte, wenn ich anfange zu hinken, dann holt mich da jemand heraus… Das ist ja auch passiert, leider mit ihr zusammen. Zumindest erwartete mich Zuhause keine andere Katze aus ihrem Urlaub. Es drangen Gerüchte über die sozialen Medien bis in mein kleines Gefängnis, sie hätten fremdgestreichelt… Ich werde wohl gründlich ihre Wäsche durchschnüffeln müssen, um sicherzugehen, dass ich der einzige Kater in diesem Haus bin.

Auf der Fahrt nach Hause gab es gleich zwei Malheure. Das wenige Essen kam in meinem Käfig hinten und vorne raus… Nicht schön, vor allem wenn man drinnen sitzt. Man könnte meinen, der Dosenöffner hätte noch mehr darunter gelitten als ich armes Geschöpf. Vielleicht sollte ich ihn auch mit seinen Ausscheidungen in die Toilette sperren? Dann wird ihm bestimmt das Lachen vergehen. Ach, Moment, das macht er ja selbst, indem er dieses seltsame Teil unter der Türklinge umdreht und dort ewig bei seinen Ausscheidungen sitzen bleibt.

Dann komme ich Zuhause an und sehe das! Freunde, es ist verloren, alles verloren. Es ist etwas Schlimmes mit dem kleinen Dosenöffner passiert. Nicht etwas Schlimmes. Das Schlimmste überhaupt! Ich bin absolut desillusioniert, meine ganzen Anstrengungen sind zu Nichte. Es ist vorbei, ich habe ihn verloren.

Stellt euch vor, der kleine Dosenöffner ist primitiv geworden. Er ist kein Vierbeiner mehr, sondern nun ein Zweibeiner… Man hat ihn einmal drei Wochen nicht unter seiner Pfote und dann passiert so etwas. Und was machen die großen Dosenöffner, die applaudieren immer, wenn er durch das Zimmer läuft. Ich bin jedes Mal kurz davor zu weinen. Leider ist das als Kater nicht möglich. Oh Gott, er ist einer von ihnen. Welch eine furchtbare Transformation! Glaubt ihr, er erinnert sich noch an den Vierfüßler-Gang und man kann ihn zurückkonditionieren? Ich hoffe es sehr! Ich dachte, er wäre mein Verbündeter.

Abgesehen von diesem Desaster ist dieses Hände-aneinander-hauen viel zu laut. Der einzige Vorteil von diesem Krach: Die Perserdame sucht immer das Weite… Etwas Gutes muss es selbst in den dunkelsten Stunden geben! Ach, und vielleicht kommt er so besser an meine Nassfutterbeutel, die liegen immer ganz schön hoch.

#SchlafKaterschlaf #hardwork

Kaum bin ich zurück werden die schwierigen Aufgaben wieder an mich abgeschoben: Die Zeit abschlafen, darum hat sich niemand in den letzten Wochen gekümmert… Man könnte meine, das erledigt sich in diesem Haus von selbst. Drei Wochen ist das nun liegen geblieben und muss dringend erledigt werden. Da türmen sich zahlreiche schlaflose Stunden vor mir, die ich ausgleichen muss.

Und sie machen es mir nicht leicht… Aktuell brauche ich ja ein bisschen mehr Liebe aufgrund der langen Abstinenz. Diese wird selten erwidert. Ich weiß nicht, was der Dosenöffnerin nachts den Schlaf raubt, wenn der kleine Dosenöffner sich an der Milch bedient – ja, er bekommt unverschämterweise Essen rund um die Uhr. Ich habe in seinem Alter schon Mäuse gefangen, meine Haufen selbst verbuddelt und selbst Kinder gezeugt. Aber ganz vergessen: Sie sind eine primitive Lebensart im Gegensatz zu uns Katzen. Also wenn er auf ihr Milch trinkt und ich mich auf ihren Hals lege, um sie in den Schlaf zu schnurren, schläft sie trotz unseren Bemühungen nicht so entspannt. Keine Ahnung, wieso. Das ist doch total gemütlich! Da drückt sie mich unverständlicherweise weg, dreht sich permanent, dass es mir echt nicht leichtfällt, sie zu ihrem Glück zu zwingen, aber ich bin pflichtbewusst und bleibe dran.

Wenn es mir doch zu anstrengend wird, dann gehe ich zum großen Dosenöffner und unterstütze seinen Schlaf, indem ich mich bis Sonnenaufgang in seine Armbeuge kuschle. Wenn es hell wird, springe ich natürlich gleich auf, damit nicht doch plötzlich eine fremde Katze vorbeikommt und ich weiter als harter Kater dastehe. Zudem muss ich ihnen natürlich auch gleich eine Ansage bezüglich des verspäteten Frühstücks machen.

Der Einzige, der mich bei all diesen Arbeiten unterstützt, ist der kleine Dosenöffner. Er schläft die Zeit mit mir ab. Aber statt dass sie uns im Team arbeiten lassen, muss ich immer aufmerksam durch das Haus schleichen, damit ich ja nicht ausversehen seine Siesta verpasse. Das macht mir das Leben nicht leichter.

Ein bisschen mehr Teamwork wäre für die Zukunft wünschenswert!

NACHWORT DES KATERS

Ihr seht, es wird hier nicht langweilig, ich halte euch gerne weiter über mein Leben mit den kleinen und großen Dosenöffnern, der Perserdame und auch sonstigen schönen, spannenden oder anstrengenden Momenten auf dem Laufenden.

Die aktuellsten Geschichten findet ihr auf meinem Instagram-Kanal.

RAFFAELABREITINGER

Und wenn ich die Dosenöffnerin um meine Pfote gewickelt habe, dann erscheint bestimmt bald…

#KaterCarlo – aus dem Leben eines schwarzen Königs

… zumindest stelle ich mir so den Wortlaut des nächsten Buchtitels vor.

Fortsetzung folgt.